„Was es nicht gibt – darf auch nicht sein!"

Die Deutsche Bibliothek verzeichnet diese Publikation in der Deutschen Nationalbibliografie; detaillierte bibliografische Daten sind im Internet über http://ddb.de abrufbar

Impressum:

© Juni 2014 by Karel Hruby

Autor :   Karel Hruby

Herstellung und Verlag: Books on Demand GmbH, Norderstedt
Printed in Germany

ISBN: 9783735743251

Knabenraub

von Karel Hruby

Bei einer Straftat, Täter unbekannt, kommen zu engsten Verwandten in Verdacht. In diesem Fall die effektivste Lösung für ein Unrechtsregime.
Die Mutter fand sich mit ihrer Abschiebung in d nicht ab, sondern suchte weiter nach ihrem Kind.

Die hier beschriebene Handlung und die Protagonisten sind fiktiv.

Leider gab es in der Vergangenheit viele Kindesentführungen, die auf Grund fehlender Kooperationen der Staaten untereinander, nicht geklärt werden konnten.

Inhaltsverzeichnis

Krippenplatz	7
Der Kämpfer für den Sport	13
Magnet Kaufhaus	16
Verhör	38
Ermittlungen	44
Notaufnahme	49
Ohne Skrupel	56
Abschiebung	58
Manipulation durch Musik	71
Ungelöste Kriminalfälle	78
The Singers	84
Neues Glück	94
Vergangenheitsbewältigung	117

Krippenplatz

Dichter Nebel hängt über dem Flusstal. Vom Krematorium weht der Wind beißenden Geruch in das nahe gelegene Neubaugebiet. Die Sirene der Zigarettenfabrik ruft die Arbeiter zu den Maschinen. Eine verschmutzte Stadt ist erwacht.

Wie an jedem Morgen seit ihrer Eheschließung sitzen Helga und Peter Schmidt am Frühstückstisch der kleinen Neubauküche. Die hübsche junge Frau hat vor vier Monaten Paul entbunden. Der blonde blauäugige Knabe mit dem kleinen Muttermahl gedeiht zur Freude seiner Eltern prächtig. Peter ist stolz auf seinen Stammhalter, der unverwechselbar das Muttermahl seiner Familie geerbt hat. Er selbst trägt stolz die kleine Lilie, vererbt von seinem Vater, unterhalb des linken Ohrläppchens, das meist durch seine Haare verdeckt wird.

„Nun beginnt für unseren Paul ein neuer Lebensabschnitt, er muss lernen mit anderen Kindern zu spielen", stellt der fortschrittlich denkende Vater fest.
„Ich möchte Paulchen noch nicht anderen Menschen überlassen, er ist doch noch zu klein!"
„Mir geht dein Jammern auf die Nerven. Ich will, dass aus ihm sehr früh ein richtiger pflichtbewusster Junge wird. Was sollen die Genossen von mir denken, wenn wir das Geschenk nicht annehmen? Wir haben schließlich bevorzugt eine Neubauwohnung und einen Krippenplatz erhalten."
Das Stadtwerk, in dem das junge Paar sich kennen lernte und arbeitet, hat dem verdienten Aktivisten des Volkes, Brigadier der Automatendreherei und Mitarbeiter der Arbeiter und Bauerninspektion bevorzugt einen Krippenplatz zugesprochen.

„Ist schon gut, mir war nur so betrüblich. Ich habe von der Nachbarin einen Roman gelesen, da war die Mutter bis zum 3. Lebensjahr des Kindes zu Hause. Und weißt du, das Kind hatte auch ein Muttermahl. Durch dieses Zeichen erkannte der reiche Graf seinen verschollenen Enkel wieder."

„Immer wieder muss ich feststellen, dass du die Ansicht vertrittst, der Mann habe allein die Brötchen zu verdienen. Trenne dich endlich von dieser Einstellung, wie du dich von deinen altmodischen Eltern, die jeden Sonntag die Kirche aufsuchen und noch immer im Hinterhaus wohnen, getrennt hast. Du hast einen Aktivisten, mit einer alten kommunistischen Familientradition, zum Mann genommen!"

„Peter ich liebe dich und unser Paulchen. Ich weiß ja, dass wir uns noch einen neuen Trabbi anschaffen wollen. Du kannst dich auf mich verlassen, ich werde nicht mehr sentimental. Heute noch gehe ich ins Magnet Kaufhaus und kaufe alles Notwendige für die Kinderkrippe ein."

Liebevoll verzeihend schaut Peter, ein stattlicher Mann mit Vollbart und braunen Augen, beim Aufstehen seine junge Frau an und streicht den Knaben über den Kopf.

„Ich muss los!"

Der attraktive Mann verlässt die gemütliche Küche und zieht sich seine Joppe auf dem Flur an. Dabei fällt ihm ein, dass seine Frau mit der Straßenbahn und dem Kinderwagen in die Stadt fahren muss.

„Helga willst du wirklich mit Paulchen allein ins Zentrum fahren? Warte bis Samstag, dann fahren wir gemeinsam und du bist in der Straßenbahn nicht auf fremde Hilfe angewiesen."

Die Angesprochene schüttelt mit dem Kopf, „ich muss heute ins Magnet Kaufhaus, morgen soll ich die Babydecke und Windeln zum Besticken bringen und am Freitag muss alles in der Kinderkrippe sein, damit

Paulchen am Montag ein vorbereitetes Bettchen hat. Ich darf unseren Kleinen 6.00 Uhr in die Krippe bringen und 6.30 Uhr beginnt meine Arbeit am Fließband."
„Ich verstehe, na dann macht's gut, ihr zwei!"
Die Tür fällt ins Schloss. Kurz darauf klingelt es.
„Hat Peter etwas vergessen", denkt Helga laut. Sie ist noch aufgeregt, weil er ihr immer die Vergangenheit und ihre bürgerliche Familie vorhält.
„Ach sie sind es, Frau Heinrich. Ich habe den Roman fertig gelesen, hier", damit reicht sie der neugierigen, Nachbarin mit der bunten Nylonkittelschürze den Dreigroschenroman.
„Wollen sie noch einen haben, liebe Frau Schmidt?"
„Nein, um Gottes willen. Mein Mann hat was gegen Schmöker aus dem Westen, vielen Dank!"
Helga schließt die Tür und lässt die Nachbarin nicht herein. Paul beginnt zu weinen. Die Mutter nimmt ihr Baby auf den Arm und streicht über den Rücken, „mach dein Bäuerchen, damit wir uns anziehen können, um schnell wieder zu Hause zu sein."
Das Baby kann sich nicht beruhigen, schreit unentwegt. Die Nachbarin steht beleidigt vor der Wohnungstür, sie wollte noch etwas schwatzen.
„Warum nur beruhigt sich das Kind nicht?", denkt sie.
Das Telefon klingelt. Helga bemüht sich um Paul, sie ignoriert das Klingeln.
Wenig später hängt Frau Heinrich im Hof Wäsche auf. Sie hört das Baby immer noch herzzerreißend schreien.
„Was macht die da oben bloß?"
Dabei schaut sie zum Fenster und sieht, wie Helga das Fenster schließt, danach ist es plötzlich still.
Das Telefon klingelt wieder, Helga nimmt aufgeregt den Hörer ab.
„Mutti du bist es, entschuldige, ich muss ins Magnet Kaufhaus, Babysachen für die Kinderkrippekaufen.

Ja, ja ich weiß, Paulchen ist viel zu klein für die Kinderkrippe. Ich kann mich nicht gegen den Willen von Peter stellen. Was ihr habt ein schönes Gedicht über das Chaos in unserem Kaufhaus, lass schnell hören. Nein warte erst noch. Paulchen hat Kneiper, ich habe ihm etwas zum Beruhigen gegeben. Ich schau noch einmal kurz nach ihm, dann kannst du mir das Gedicht vorlesen."

Helga lacht herzlich!

„Prima, wer hat das geschrieben? Weißt du nicht, Schade! Ich werde mich daran erinnern, wenn ich dann ins Magnet Kaufhaus gehe, viel anders ist es ja nicht. Der Schreiber hat das angesprochen, was alle denken, nur Peters Partei verbietet uns die Wahrheit, zu sagen. Ja, ich weiß, das darf mein Mann nicht hören! Das Gedicht ist toll, lies bitte noch einmal vor, ich schreibe mir alles ab, damit kann ich am Montag meine Frauen am Fließband überraschen. Also ich habe meinen Bleistift, es kann losgehen;

Wie es uns geht?

Vom Kaufhaus da komm ich her,
ich muss euch sagen die Regale sind leer,
und überall auf den Straßen und Kanten
sitzen die Polen und ihre Verwandten.
Und draußen vor dem verschlossenen Tor,
stehen die Deutschen geduldig, wartend davor!

Und als ich so streife am Markt vorbei,
da sehe ich auch Leute aus der Tschechei,
sie haben gekauft und gefüllt ihre Taschen,
da gugen sie dumm, die Deutschen, die Flaschen.

*Und als ich dann heimfuhr mit dem Busse,
saß mir gegenüber auch noch ein Russe.
Vor Wut ging ich in den Konsum und kaufte Käse,
wer stand vor mir – ein Vietnamese.
Ich stolperte zur Tür hinaus ich Armer und
stieß zusammen mit einem Kubaner.
Komm lieber Walter sei unser Gast,
gib mir nur die Hälfte von dem, was du hast!*

*Der Pole hat Kohle,
der Russe Erdöl und Licht,
wir haben die Freundschaft,
mehr brauchen wir nicht!*

*Auf der Straße große Löcher,
in den Läden leere Fächer,
zu Ostern keine Geschenke,
zu Pfingsten keine Getränke,
zu Weihnachten keen Boom,
in der HO keene Verwandte,
im Konsum keene Bekannte,
aus dem Westen keen Packet,
da fragst du noch, wie es uns geht!*

Ich habe alles aufgeschrieben. Was, du hast noch eins, schnell lass hören. Das stimmt wie die Faust aufs Auge. Ich musste gerade das Fenster schließen, weil sie im Krematorium wieder die Öfen angeworfen haben und der Gestank zieht voll in unser Fenster. Das schreibe ich mir auch noch auf."

Die Heimatstadt im Dreck
Kennst du die Stadt am Ende der Welt,
wo Ruß und Asche vom Himmel fällt?

Wo man die Häuser liederlich baut,
wo sich der Verkehr in den Schlaglöschern staut,
wo Futterkübel stinkend am Straßenrand stehen,
deren Duft durch die Straßen und Häuser wehen,

wo Polen und Tschechen nicht nur Zigaretten verkloppen,
und unsere Zöllner sie dabei überhaupt nicht stoppen,
das ist für mich der schönste Fleck –
meine Heimatstadt im Dreck!

„Danke Mutti, ich habe alles, nun muss ich schnell los. Du hast Recht, ich räume den Zettel sofort weg, wenn ich wieder zu Hause bin, Peter kommt erst am Abend von der Schicht. Bis bald grüße Papa, Conny und den Rest der Familie von mir."
Helga nimmt das Babybündel, die Einkaufstasche und verlässt eilig die Wohnung. Da sieht sie, wie die geschwätzige Nachbarin sich wieder an sie heranpirscht, „nein nicht schon wieder!"
Sie muss noch über das ulkige Gedicht der Frau schmunzeln.
Mit dem leeren Wäschekorb eilt Frau Heinrich zur Haustür und stürzt förmlich über den Kinderwagen, den Helga eilig wegschiebt. Die Kittelschürze schüttelt mit dem Kopf, „warum hat es die junge Frau plötzlich so eilig, nicht mal grüßen kann sie, ja, ja die Jugend!"

Der Kämpfer für den Sport

Glück und Enttäuschung hat Peter in seiner Laufbahn zur Genüge kennen gelernt. Bei der Europameisterschaft war er bereits in der Qualifikation ausgeschieden. Er ist also nur ein Außenseiter gewesen. Bei seinem ersten Olympiastart war er wieder nur ein Statist. Damals hatte ihm die beste Taktik nichts genutzt. Technische Fehler kann man zwar mit einem enormen Mehraufwand an Kraft zu einem Teil ausgleichen. Doch wenn Peter auch diese fehlte, war nichts zu machen.
Diese Lehre zog er nach seinen zwei Misserfolgen und noch mehr. Wenn er, Peter Schmidt, künftig mit den Weltbesten konkurrieren wollte, dann sollte er wie sie trainieren, vor allem musste er sich die Technik und Erfahrungen der Besten zu Eigen machen. Peter war dazu bereit. Seine Frau Helga jedoch nicht. Sie redete ihm nie motivierend zu. Sie hatte ihre eigenen Probleme, so trauerte sie ihrem Musikstudium nach und der Band ihres Bruders. Mit ihrem Musiktick war sie ihm sogar ein Klotz am Bein.
Die Genossen in seinem Betrieb unterstützten ihn und motivierten Peter nicht aufzugeben. Von seiner Kindheit an hatte ihm der Vater, der anfangs zwischen CDU und SED wankte und sich später für den Stärkeren entschied, zu einem Kämpfer erzogen. In Peters Unterbewusstsein hatten sich die Worte des strengen Vaters eingeprägt „Wenn du etwas machst, dann mache es richtig!"

Als er zur Leichtathletik-Europameisterschaft mit der erste selbständige DDR - Mannschaft ins Budapester Neppstadion zog und diese acht Europameistertitel, drei Silber- und sechs Bronzemedaillen erkämpften, war Peter dabei. Auch wenn er nur einen hinteren Platz errang, waren es Stunden, des Jubels und der Freude.

Ihm durchfließt noch heute bei dem Gedanken daran ein Glücksgefühl, als drei gleiche Fahnen, die seiner Heimat gehisst wurden und die Hymne „Auferstanden aus Ruinen …" aus den Lautsprechern tönte.

Peter hatte fortan bei zahlreichen Wettkämpfen und in unzähligen Trainingsstunden seine Zielstrebigkeit und Energie getrennt von seiner unsportlichen Frau bewiesen. Parallel zu seiner sportlichen Entwicklung verlief seine berufliche Qualifikation. Ihm hat niemand etwas geschenkt, eher verlief sein Leben zu straff organisiert und kontrolliert. Nach der Rückkehr von der Europameisterschaft ehrte ihn der Betriebsdirektor, als Aktivist der sozialistischen Arbeit, mit der Begründung: „Lieber Jugendfreund Schmidt, deine Leistungen als Brigadier sind für die Kollegen gleichermaßen Ansporn, wie es deine sportlichen Erfolge für deine Sportkameraden sind!"

Peter stand beschämt da. Die meiste Zeit war er vom Betrieb abwesend, zu Wettkämpfen oder in Trainingslagern, kaum zu Hause bei seiner Familie. Der Genosse Direktor musste schon wissen was er tat, dafür liebt Peter seinen Staat. Kritischer sehen das seine Kollegen in der Automatendreherei, vor allem sein Stellvertreter, der während Peters Abwesenheit die gesamte Abrechnung allein bewerkstelligen muss und dafür bisher nie eine Anerkennung erhielt.

Peter erklärt eine Woche später, nachdem er gefragt wurde, für den Bezirkstag, als Abgeordneter für die Kommission Jugendfragen und Sport zu kandidieren.
„Meine Brigademitglieder sind über diese neue Herausforderung besonders kritisch, denn ich werde noch mehr ausfallen, wie es bisher schon war.

Doch gerade diese Kritik, hat einen großen erzieherischen Einfluss auf meine Entwicklung, denn ich weiß, was ich anfasse – mache ich richtig!"

Im November aus Anlass des 50. Jahrestages der großen sozialistischen Oktoberrevolution in Russland bat Peter um Aufnahme als Kandidat in die Reihen der Partei der Arbeiterklasse, in die SED.
Dem Presseorgan Neues Deutschland erklärt der neugebackene Genosse diesen Schritt.
„Es war für mich nur eine Frage der Zeit, wann ich diesen Schritt vollziehe. Wer aufmerksam die Entwicklung unserer Republik verfolgt, wer bewusst mit erlebt, wie unsere Republik unter der Führung der SED gewachsen und erstarkt ist, wie wir zu einem der bedeutendsten Industriestaaten der Welt wurden, für den kann es keine andere Schlussfolgerung geben.
Warum gerade zum 50. Jahrestag der Oktoberrevolution fragen sie. Ganz einfach zu erklären, die sowjetischen Freunde sind unsere Befreier, ich vertraue auf ihre Ehrlichkeit und unerschütterliche Freundschaft!"

Magnet Kaufhaus

Im Magnet Kaufhaus herrscht reges Treiben, es ist Urlaubszeit. Urlauber kaufen Souvenirs und die es werden wollen, suchen für die heißen Tage luftige Kleidung. Helga wühlt in einem Haufen von Babydecken, dabei murmelt sie vor sich hin, „hässlich, wieder nur sozialistische Massenproduktion!"
Sie findet viele Babydecken alle haben den gleichen geschmacklosen Aufdruck, so muss sie eine von diesen nehmen. Nun braucht sie noch Baumwollwindeln. Auf ihre Frage, nach diesem Babyartikel, bekommt sie von der Verkäuferin nur ein Achselzucken und die Antwort, „Ham mer nich, sie können Viskosewindeln haben."
Helga wird ungehalten, zu viel ist am Morgen geschehen. „Gibt's in diesem Scheiß Staat nicht mal für Babys ordentliche Sachen?"
Die Verkäuferin sieht Helga beleidigt an. Nun entdeckt sie an der Kittelschürze das Parteiabzeichen mit den abgehackten Händen.
Verdammt ich muss mich mehr zusammenreißen, mein Mann hätte mir jetzt eine Szene gemacht. Helgas Gesicht ist vor Scham rot angelaufen. Nur weg von hier!
Muttis Gedicht trifft Hundertprozent zu! Kommt es ihr in den Sinn, als sie von einer rothaarigen Ausländerin angerempelt wird, die sich nicht einmal entschuldigt sondern zügig das Magnet Kaufhaus verlässt.
„Eigenartig, diese Frau und eine Jüngere standen die ganze Zeit neben mir, ich konnte bei ihrem Parfümgestank gar nicht richtig atmen. Ich werde dann nachsehen, ob ich noch alles in meiner Tasche habe!"
Helga kauft noch ein Kuscheltier für das Bettchen in der Kinderkrippe, danach eilt sie aus dem Kaufhaus zum Kinderwagen. Am Schaufenster steht Pauls Wagen.

Die junge Mutter hat auf einmal ein beklemmendes Gefühl, haben sich Pauls Bauchschmerzen gegeben, hat die Arznei geholfen?
Sie tritt zum Wagen und schlägt das zu warme Federkissen zurück. Der Wagen ist leer. Ein eigenartiger Maiglöckchenduft schlägt ihr entgegen. Verzweifelt rennt Helga am Kaufhaus entlang und fragt Passanten.
„Haben sie mein Baby gesehen?"
„Wie alt ist ihr Baby, wie sieht es aus?"
„Es lag im Wagen, der Wagen ist leer!", schreit Helga hysterisch. Sie ist nicht in der Lage eine klare Beschreibung ihres Babys zu geben. Durch das Geschrei der unruhigen Frau laufen immer mehr Passanten zusammen, alle rufen nach dem Kind Paul. Weil keiner die richtige Beschreibung kennt, suchen die Passanten Kinder bis zehn Jahre in der Fußgängerpassage. Erst ein Polizeikommando beruhigt die aufgeregte Menschenmenge.
„Kidnapping in der DDR unmöglich, wird hier ein Film gedreht?", fragt ein vorwitziger junger Mann.

Das Fehlen des Babys wurde 10.00 Uhr der Polizei gemeldet. Bereits 12.00 Uhr waren alle Sicherheitsorgane der Stadt, Hilfspolizei, Transportpolizei und Staatssicherheitsdienst über die mutmaßliche Entführung informiert. Alle Straßen und Züge, die aus der Stadt fahren, unterliegen einer strengen Kontrolle. Ein Transportpolizist meldet seinem Vorgesetzten, „drei Züge nach Polen sind uns leider durch die Lappen gegangen!"
Helga wird inzwischen ins Kaufhaus gebracht. Eine Abteilungsleiterin, die Räume für die polizeiliche Ermittlung zur Verfügung stellt, ist die Dame mit den abgehackten Händen an der Kittelschürze, die Helga in der Kinderabteilung bedient hatte.

Helga sieht in ihrem Schmerz und unter Tränen nicht das heimtückisch lächelnde Gesicht der Frau. Diese macht gegenüber einem Polizisten die Bemerkung, „ich kenne die Kundin, sie war schon beim Einkauf nervös, bevor sie das Fehlen des Babys entdeckt hat!"
„Ich danke dir Genossin, wir werden dich dazu später nochmals zu einer Aussprache bitten."

Der Polizist gibt Helga ein Glas Wasser und spricht sanft auf sie ein, „beruhigen sie sich Bürgerin, wir werden alles Menschenmögliche tun, um ihr Baby wieder zu finden. Zuerst müssen sie uns einige Fragen beantworten, sonst können wir ihnen nicht helfen."

Helga nickt, schnäuzt sich die Nase und antwortet bereitwillig. „Mein Sohn Paul ist 4 Monate alt, hat blonde Haare, blaue Augen und ein Muttermahl am linken Ohr. Er trägt einen blauen Strampler und ein weißes Hemdchen sowie ein blaues Mützchen und blaue Schuhe mit weißen Bommeln."
„Wo kann ich den Vater finden?"
„Mein Mann, Peter Schmidt, arbeitet als Brigadier im Stadtwerk."
„Danke, meine Kollegen werden alles in die Wege leiten, beruhigen sie sich. Ach noch eine Frage haben sie Feinde?"
„Ich glaube nicht, natürlich haben wir Neider. Wir bekamen die Neubauwohnung und den Krippenplatz vorzeitig, das löste unter unseren Kollegen Ärger und Missgunst aus!"
„Ich verstehe. Können sie mir Namen nennen, nein besser ich befrage ihren Mann."
Ein weiterer Polizist hat inzwischen die Abteilungsleiterin nochmals befragt. Er kommt kopfschüttelnd zu Helga, „ich glaube sie halten uns zum Narren, meine Liebe!"

Die Tür geht auf und im Rahmen steht kreideweiß Peter.
„Wo hast du meinen Sohn gelassen?", schreit er unbeherrscht seine Frau an.
Helga geht in sich, nur nichts hören und sehen. Keiner spendet der verzweifelten Mutter Trost. Die Polizisten bitten Peter nochmals um Angaben zu dem Baby, der Kleidung und dem Kinderwagen.
Helga wird von einem Krankenwagen abgeholt und in eine Anstalt gebracht. Nachdem sich die verstörte Frau beruhigt hat und endlich das Krankenzimmer wahrnimmt, sieht sie, dass die Fenster vergittert sind. Die Tür öffnet sich knarrend. Eine Krankenschwester stellt ihr eine Schüssel mit Brot und Brühe auf den Nachttisch. Sie verlässt ohne ein Wort den Raum und schließt das Zimmer ab.
„Was habe ich verbrochen, wo bin ich, wo ist mein Kind?", schreit Helga und hämmert an die Zimmertür. Sie erhält keine Antwort.

Nachdem Peter der Polizci alle Informationen zu seinem vermissten Sohn gegeben hat und seine verstörte Frau ins Neurologische Krankenhaus gebracht worden war, kehrt er verzweifelt in die leere Wohnung zurück. Peter schaut sich um. In der Wohnung herrscht ein großes Durcheinander. Der Medizinschrank steht offen, Arznei liegt herum. Er hebt vom Fußboden ein nasses zusammen gewickeltes Handtuch auf. Dann fällt sein Blick auf den kleinen Tisch mit dem Telefon. Peter liest die schnell hin gekritzelten Zeilen, sein Gesicht läuft beim Lesen rot an. Wutentbrannt zerknüllt er den Zettel und wirft diesen auf den Fußboden.
„Was soll das alles bedeuten? Ich muss weg, am besten zu einem guten vertrauenswürdigen Freund. Herbert, der Parteisekretär des Werkes fällt ihm ein. Mein bester Freund wird mich verstehen!", überlegt Peter.

Er hält schon den Wohnungsschlüssel in der Hand, als es an der Tür klingelt.

„Sie sind es Frau Heinrich."

„Ist Paulchen wieder gesund?", will die neugierige Frau wissen.

„Was wollen sie damit sagen?"

Die Nachbarin berichtet von dem Schreien des Kindes, das plötzlich abbrach und das fluchtartige Verlassen des Hauses seiner Frau mit dem Kinderwagen.

„Ich habe mich gewundert, warum ihre Frau bei der Hitze das Kind mit einem Federbett zugedeckt hat, das man es gar nicht mehr sah. Ist etwas passiert, ich entdecke ihre Frau nicht?"

„Meine Frau ist bei ihren Eltern."

Die Nachbarin schaut ihn prüfend an und denkt. Mich kann der nicht verscheißern. Ich weiß schon lange, dass er den Umgang mit den Eltern und Geschwistern nicht will, das hat mir die Schmidten erzählt. Da muss sie noch einmal nachstoßen, irgendetwas stimmt nicht!

„So, so, mit dem Baby?", sagt sie laut.

„Bitte entschuldigen sie Frau Heinrich, ich muss weg."

Daraufhin stürzt Peter wieder aus dem Haus und lässt die Nachbarin stehen.

„Der kann sich auch nicht benehmen!", nörgelt sie wieder.

Herbert hat schon von Peters Missgeschick erfahren.

„Mensch komme rein, werde erst mal ruhig und setz dich in die Stube. Du kennst ja den Weg", empfängt er Peter freundlich.

Herbert holt aus der Küche zwei Flaschen Bier und setzt sich zu Peter an den Stubentisch.

„Was ist wirklich passiert? Ich hörte, dass euer Kind aus dem Kinderwagen gestohlen wurde."

Peter wischt sich beschämt die Tränen aus den Augen.

„Ist schon gut."
Dabei schaut der Freund Peter mitleidig an. „Ich weiß, wie du an deinem Sohn Paul hängst. Es wird schon alles gut werden!"
„Es ist schlimmer, als wir annehmen. Mir kann keiner helfen", stöhnt Peter.
„Was willst du damit sagen?"
„Meine Frau wird von der Polizei verdächtigt, Pauls Verschwinden vorgetäuscht zu haben. Die Unordnung in der Wohnung und die Informationen, die mir unsere Nachbarin gab, verhärten diesen Verdacht."
„Das kann ich mir schlecht vorstellen. Du kennst Helga seit zwei Jahren. Ich kann mich noch daran erinnern, als du sie bei uns einführtest. Obwohl sie nur eine kleine Montiererin der Fließbandmontage war, durfte sie auf deine Fürsprache hin, als Nichtmitglied der Deutsch Sowjetischen Freundschaft, an einem Treffen mit unseren sowjetischen Brüdern teilnehmen. Sie trug ein adrettes Kostüm, war im Gegensatz zu den sowjetischen Genossinnen dezent geschminkt, die blonden Haare hochgesteckt, einfach wunderschön. Alle fanden deine Verlobte begehrenswert. Weißt du noch, der Kolchosvorsitzende wollte mit ihr Kassatschock tanzen?", schwärmt der Parteisekretär von Helga.
„Ich weiß, dass er später auch empört war, weil sie es ihm dreimal abgelehnt hat, deshalb ließ sich der Genosse Ivanow mit Wodka volllaufen. Mit seinen sowjetischen Kolleginnen tanzte er aus Trotz nicht!", entgegnete Peter bitter.
„Daran kann ich mich nicht erinnern. Ich sah aber, dass Helgas Augen immer an dir hingen."
Die Männer lachen. Peter denkt an diesen Abend zurück, dabei legt er plötzlich die Stirn in Falten.

„An diesem Abend gab es die erste Auseinandersetzung mit seiner Verlobten. Helga durfte erst nicht mit in die Veranstaltung, weil sie kein Mitglied der Deutsch Sowjetische Freundschaft war.
Der Genosse am Einlassdienst verlangte die DSF-Mitgliedsbücher und überprüfte die Beitragszahlung. Wer bisher nicht gezahlt hatte, konnte noch DSF Marken erwerben und an dem Besäufnis teilnehmen. Ehefrauen waren nicht erlaubt, weil die Gäste nur mit der Brigade anreisten. Selbst staatstreue sowjetische Ehepaare durften nicht zusammen verreisen. Der Einlassdienst genehmigte erst den Eintritt von Helga, weil sie mit Peter nur verlobt war, sofort einen Antrag zur Mitgliedschaft ausfüllte und der Parteisekretär ein Machtwort sprach. Helga verstand die ganze Prozedere nicht. Sie fragte, warum nur unverheiratete, sowjetische Genossinnen und Genossen einer Brigade reisen dürfen und nicht Ehepaare.
Peters Vater hat es ihr später erklärt. Auch er durfte seine Frau nicht zu einer vierwöchigen Erholungsreise auf die Krim nach Jalta mitnehmen. Da waren nur Genossinnen und Genossen unter sich. Das ist, um die Konversation zu fördern.
Helga hatte Peter direkt auf den Kopf zugesagt, „deine feinen sowjetischen Genossen haben Angst, dass die Abhauen, - von einem Gefängnis – ins Andere!"
Das war schon unverschämt von ihr, es kam an dem Abend noch viel schlimmer. Der Kolchosvorsitzende brüskierte sich damit, dass der russische Mann nur aufpasst. Er leitet schließlich den Transport und ist Spezialist im Organisieren, in der UDSSR müssen die Frauen arbeiten, „Rabota, Rabota!"
Das kritisierte Helga offen vor allen Genossen, die so viel Wodka getrunken hatten, dass sie ihr lallend zu lachten. Eine schöne Frau kann fast alles sagen und niemand hatte den Sowjets diese unangebrachte Kritik übersetzt, stellte Peter erleichtert fest. Nachdem alle Helga nicht für voll nahmen, das war sie ja auch nicht – denn sie hatte nur Wasser getrunken, griff sie nach Peters blauen DSF Mitgliedsbuch mit den zwei Fahnen, der größeren mit Hammer und Sichel und der kleineren der DDR und fragte Peter

provozierend, mit dem Finger auf das Geleitwort von Walter Ulbricht zeigend:

*Mit der Sowjetunion verbündet sein,
das heißt den Bund mit der Zukunft, dem Frieden,
mit dem Aufstieg der Menschheit schließen.
Das heißt von der Sowjetunion lernen
heißt siegen lernen!"*

Dazu sagte sie scharf, "also planen die DDR Männer zukünftig, dass die Frauen unter ihrer Knute arbeiten müssen. Das ist nach meiner Meinung, lieber Peter, ein Rückschritt in die Sklaverei der Frauen!"
Er war natürlich über diese Auslegung von Helga empört und lies sich seit dem Abend eine Woche nicht mehr bei ihr sehen. Peter hatte ins Auge gefasst die Verlobung zu lösen. Helga hatte ihm am Abend vorher gestanden, dass sie von ihm schwanger war."

Der Freund sieht dass Peter grübelt, deshalb lässt Herbert ihm Zeit, bis er weiter spricht.
„Gut, deine Frau stammt aus einem bürgerlich, christlichen Haus, aber sie liebt dich und Paul, genauso sehr wie du sie, oder?"
„Das ist alles richtig, sie wollte nicht, dass Paul jetzt schon in die Krippe geht, er sollte getauft werden und ich sprach immer dagegen. Kann es nicht sein, dass sie durchgedreht ist und die Entführung nur vorgetäuscht hat?"
„Wenn es aber doch eine Entführung war, tust du deiner Helga Unrecht. Vielleicht gibt es eine Geldforderung der Entführer, dann solltest du zu Hause am Telefon sitzen."
„Herbert ich bin dir so dankbar, vor Verzweiflung habe ich nur an die Schuld von Helga gedacht. Ich werde nach Hause gehen und am Telefon warten. Die Polizei muss

wissen, dass ich noch aussagen muss, was mir die Nachbarin berichtet hat."
„Das tue noch ganz schnell. Ich denke, dass die Herren von der Polizei dich begleiten werden, um Spuren in der Wohnung zu sichern."

Den Fall bearbeitet bereits Oberkommissar Busse. Nach Aktenlage wurde sofort eine „Sonderkommission Knabenraub", ins Leben gerufen. Busse wird ein, ihm unbekannter, Neuer zur Seite gestellt. Der Neue ist ungewöhnlich gesprächig, stellt Busse fest. Dazu hinterfragt dieser jede Entscheidung, einfach nervig. Der Oberkommissar hat das Gefühl von dem Genossen bevormundet zu werden.
„Wer fragt der führt!", kommt ihm sein Standartsatz in den Sinn. Der gestandene Polizist beherrscht die Kunst des Gesichtlesens, eine jahrelang antrainierte Fähigkeit, die ihm bereits half, schwierige Fälle schneller zu lösen. Meist erkennt der geschulte Polizist schon nach der ersten Vernehmung, ob der Zugeführte schuldig oder unschuldig ist. Er hat sich nur selten geirrt.
Beim Einarbeiten in den Fall beobachtet Busse wie der Neue die Akten bearbeitet. Das kann er besonders gut, da der Genosse einen Platz direkt ihm gegenüber am Fenster belegt.
Sein Schädel ist sehr ausgeprägt, hohe Stirn – also ein Denker. Der Hinterkopf für das Handelszentrum im Gehirn ist eher flach – also muss der linke Hände haben. Die breiten Kieferknochen verraten den noch in der Entwicklung befindlichen Autoritätsanspruch. Das schmale Gesicht des charismatischen Genossen zeigt, dass sein an dem Tag gebrachtes Selbstvertrauen einstudiert sein muss. Die sich beim Lesen der Akte ständig veränderten unterschiedlichen Gesichtshälften zeigen sehr deutlich, dass es Busse mit einem unberechenbaren, flexiblem Streber zu tun hat.

Der Ältere verspürt nach seiner Analyse Antipathie gegen den Neuen, aber er muss schließlich mit ihm auskommen! Alles in Busses Innerem ist auf Vorsicht eingestellt. Jedoch was kann er gegen seinen Vaterinstinkt ausrichten, der ihm sagt, „nimm den Neuen an die Hand und zeige ihm das Handwerk eines richtigen Kriminalisten!"
Auf die Fragen des jungen Genossen, nach dem Aktenstudium, geht Busse freundlich und helfend ein.
„Wie schätzt du die Verdächtige ein?"
„Nach meinen ersten Erkenntnissen ist diese Frau unschuldig in eine große Gefahr geraten."
„Wie kommst du darauf?"
Ich habe das in ihrem Gesicht gesehen."
„Wie kann man das in einem Gesicht erkennen?"
„Ich fragte die Frau unter großen Druck, an was sie sich erinnern kann."
„Konnte sie das überhaupt?"
„Ja, sie hat sich an einen Duft erinnert. Diesen Duft will sie dann auch im verlassenen Kinderwagen gerochen haben. Weiter berichtete sie von zwei aufdringlich bemalten Ausländerinnen, die sich ständig in ihrer Nähe aufhielten. Dazu vermisst sie den Personalausweis der Deutschen Demokratischen Republik!"
„So, so!", bemerkt der Neue laut.
Er stellt dabei fest, wie kann die Polizei nur so einen Spinner im Dienst belassen. Ich werde dem Alten schon beweisen, dass meine Methoden Erfolg versprechender sind.

Peter informiert die Polizei über das Gespräch mit der Nachbarin und den Zustand der Wohnung.
„Es war richtig uns zu informieren und nichts zu berühren. So können wir die Spurensicherung in ihre Wohnung schicken. Sagen Sie uns bitte, was für ein Parfüm benutzt ihre Frau?"

25

„Parfüm keins, sie nimmt heimlich mein Rasierwasser", antwortet Peter wahrheitsgetreu.

„Gut, natürlich werden wir ihr Telefon überwachen, falls die vermeintlichen Entführer eine Lösegeldforderung äußern. Ihr Telefon erhält eine Fangschaltung."

Die Sonderkommission nimmt sich die Wohnung gründlich vor, sie können keine Blutspuren entdecken, sie finden jedoch einen eng beschriebenen, zusammengeknüllten Zettel.

Peter kocht für die Ermittler Kaffe und schaut zu, wie ein Techniker die Fangschaltung installiert. Nach Stunden klingelt das Telefon. Die Fangschaltung springt an, es ist Helgas Bruder.

„Nein Helga kann nicht ans Telefon kommen, sie versorgt Paul", stößt Peter hervor und legt sofort den Hörer wieder auf die Gabel. Nach endlosen stundenlangen Warten klingelt das Telefon wieder. Auch diesmal ist es ein belangloses Telefonat einer Bekannten von Helga. Die Nerven von Peter liegen blank. Völlig unerwartet klingelt das Telefon. Die Beamten geben Peter ein Zeichen, bis das Tonband und die Fangschaltung angeschaltet sind zu warten. Die Stimme am anderen Ende der Leitung klingt merkwürdig rau und dumpf.

„Was haben sie mit meinem Sohn gemacht!", brüllt der verzweifelte Vater den Anrufenden entgegen.

„Nicht sie, sondern ich bin der tatsächliche Vater des Kindes, das ich heute am Magnet Kaufhaus an mich genommen habe. Nun haben sie begriffen, dass es nur um Gerechtigkeit geht!", hört Peter den Mann sagen.

„Sie sind nie und nimmer der Vater meines Sohnes", versucht Peter den Anrufer hinzuhalten.

Die Beamten geben ihm ein Zeichen, das Gespräch so lange wie möglich aufrecht zu erhalten.

„Wer sind sie und was wollen sie wirklich?", stammelt Peter, dabei stützt er sich völlig irritiert auf den Telefontisch. Die Fangschaltung entgleitet und fällt auf den Boden. Der Anrufer muss dieses Geräusch gehört haben und legt auf. Peter begreift nichts mehr.
Mitternacht kommt wieder ein Anruf. Peter schreckt aus dem Halbschlaf. Die Fangschaltung wird aktiviert. Da ist der Entführer wieder. Peter kann nicht an sich halten und schreit in den Hörer, „woher kennen sie meine Frau?"
Ein hässliches Lachen von der anderen Seite der Leitung, dann spricht der Mann, Peter kann nichts verstehen. Vermutlich ist beim Lachen des Anrufers, das Tuch welches dieser über den Hörer gelegt hat verrutsch, um seine Stimme zu verstellen. Nach einer Weile spricht er deutlicher. „Ich bin etwas in finanziellen Schwierigkeiten, sind sie bereit für ihren Sohn eine größere Summe zu übergeben", wiederholt der Mann nun verständlicher.
„Überlegen sie es sich, ich melde mich morgen wieder, keine Polizei, sonst sehen sie ihr Kind nie wieder!"
Peter ruft verzweifelt, „bitte warten sie!"
Der Anrufer meldet sich nicht mehr. Die Ermittler machen ein nachdenkliches Gesicht.
„Viel zur kurz, sie sollten den Mann hinhalten!"
Leichenblass legt Peter den Hörer auf. Die Ermittler spulen das Band immer und immer wieder zurück, dabei trinken sie starken Kaffee. Gegen vier Uhr morgens stellt ein Ermittler fest, „wir kommen nicht ganz klar. Der Erpresser hat von einem Jungen gesprochen und nie seinen Namen genannt. Es kann sich um einen Trittbrettfahrer handeln, der aus der Not der Eltern noch Kapital schlägt! Wir werden die Fangschaltung aufrechterhalten. In zwei Stunden kommt unsere Ablösung. Sie", zu Peter gewandt, „bleiben bitte den

ganzen Tag zu Hause, melden sie sich in ihrem Betrieb krank."

Es war für Peter eine unendlich lange Nacht. Im Halbschlaf fallen ihm die Worte des Erpressers ein. Peter kommt es dumm und töricht vor die Bemerkungen ernst zu nehmen, dennoch hat sie bei ihm einen Stachel hinterlassen. Er hört, wie die Nachbarin den Beamten die Haustür aufschließt. Bis zur Ablösung ist er eine Stunde allein. Der Mann hat das Bedürfnis unbedingt mit einem Menschen zu sprechen.

Peter bittet die neugierige Frau in seine Wohnung.

„Liebe Frau Heinrich, ich muss mich bei Ihnen bedanken."

"Sie meinen, weil ich ihre Freunde aus dem Haus gelassen habe. Keine Ursache, das mache ich doch gern für sie", entgegnet die Frau liebenswürdig und ehrlich.

„Nein, ich bitte sie um Diskretion zu dem, was ich ihnen nun erzähle!"

„Deren können sie gewiss sein!"

Peter erzählt der Nachbarin von den Geschehnissen und den Anrufen in der Nacht.

„Solche Teufel!", schimpft sie.

Peter nickt mit Tränen in den Augen.

„Ein Baby entführen ist wohl das Gemeinste, was es gibt. Ihre liebe Frau tut mir leid!"

Frau Heinrich vergisst völlig, dass sie am Vortage Helga noch schwer belastet hat. Sie kocht dem erschöpften Mann einen Tee. Bevor sie geht, findet sie unter der Wohnungstür einen Zettel, den sie Peter überreicht.

Peter denkt an eine Mitteilung der Polizei. Mit ungelenker Hand geschrieben, liest Peter;

„Hinterlegen sie 12.00 Uhr im Papierkorb, Eingang B,
am Magnet einen Umschlag mit 1000 Mark.
Danach erhalten sie ihr Baby zurück. Keine Polizei!"

Peter verlässt fluchtartig das Haus, holt das Geld vom Konto, über das er als Spitzensportler verfügen kann, und steckt es in eine Einkaufstüte.

Punkt zwölf Uhr lässt er die Tüte in den Papierkorb gleiten. Wenig später kommt ein Reinigungswagen und beräumt den Papierkorb. Der Mitarbeiter der Stadtreinigung fegt die gesamte Fußgängerzone und stellt nach Entleerung der Last den Reinigungswagen im Fuhrpark der Stadtreinigung ab.

Die ermittelnden Beamten sind verärgert, dass Peter auf eigene Faust gehandelt hat. Sie verhören den Angestellten der Stadtreinigung, der Mann ist unschuldig. Sie stellen fest, dass die Müllberge umgewühlt wurden, also ist der Erpresser flüchtig. Die Polizei findet weder das vorher bereitgestellte Geld, den Erpresser, noch das Kind.

Der Brief des Erpressers war, wie Tags darauf Spezialisten des Kriminaltechnischen Institutes mitteilen, geradezu primitiv abgefasst. Die Abteilung Grafik hat durch Schriftvergleiche festgestellt, dass mit größter Wahrscheinlichkeit ein Friedrich Kupfer wieder sein Unwesen treibt.

Die Polizei kontrolliert alle Gegenstände aus der Einkaufstasche von Helga. In ihrer Geldtasche liegt eine Quittung über die Bezahlung eines Postschließfaches.

Nach Öffnen des Schließfaches und Kenntnisnahme des Inhaltes muss die Staatssicherheit eingeschaltet werden, die auch den zerknüllten Zettel aus der Wohnung zur Kenntnis erhält. Durch Helgas Nachlässigkeit wird einem Verdacht nachgegangen. Nicht recht erklärlich ist, weshalb die kluge Frau, wenn überhaupt auch ihr Mann, die staatsfeindlichen Parolen durch Feindkontakte, zur Untergrabung der Staatsmacht in Umlauf bringen. Wenn die Frau ein Schließfach für ihre westlichen Kontakte unterhält, hat sie das vor ihrem Mann zu verbergen

gesucht, also muss der Vorzeigekommunist vor seiner Frau geschützt werden.
In dem Postfach finden die Genossen einen Brief, der in Köln zum Versand gebracht wurde. Die Handschrift war dem Erkennungsdienst nicht bekannt, der Inhalt dagegen ist sehr aufschlussreich.

„Sehr geehrte gnädige Frau!"

Lautet die Anrede, wohl um den Namen zu vermeiden.

Wir sind alle von einem Scharlatan, dem Bekannten eines DDR-Medienvertreters, über den Tisch gezogen worden. Ich bin selbstverständlich, im Namen, des unter Kritik stehenden, renommierten Verlages, an der Klärung interessiert. Im Interesse einer freundlichen Zusammenarbeit, die für uns alle sehr nutzbringend werden kann, werde ich mich für die teilweise Rückerstattung des Ihnen entstandenen Schadens einsetzen und über den erlittenen Schadenersatz verhandeln.
Dieses Entgegenkommen meinerseits wird sie bestimmt erfreuen. Da ich im kommenden Monat einen Sänger auf Gastspielreise in ihre Stadt begleite, erwarte ich von ihnen einen Vorschlag, über das ob und wo wir uns treffen können."

Die Unterschrift ist unleserlich, „Agent oder so", kann der Stasioffizier kopfschüttelnd erahnen. Was dieser Unbekannte mit der, in vorläufiger Verwahrung genommenen Frau zu tun hat, muss in einem Verhör geklärt werden. Er muss auf jedem Fall in Ost und West Geschäfte gemacht haben, in die die feine Frau mit verwickelt ist und beide wurden dabei betrogen. Es wird unseren Polizei- und Staatssicherheitsorganen viel Kraft kosten, den Lebenswandel der Frau und ihrem privilegierten Mann zu durchleuchten, zumal der Vater des Mannes Staatssekretär in Berlin ist.

„Wir müssen vor allem die Genossen der Normannenstraße mit einschalten. Ich will erst einmal, dass die Frau ins Frauengefängnis überführt wird!" Weist der, für die Untersuchung beauftragte Genosse der Staatssicherheit an.

Der eifrige Neue, der alle Zusammenhänge nicht kennt, fragt seinen Vorgesetzten, „warum wird in dieses eindeutige Erpressungsdelikt die Staatssicherheit eingeschaltet?"

Er bekommt zur Antwort, die er erst nicht versteht oder vielleicht verstehen will?

„Ich las heute in der Zeitung, dass sich ein Staatssekretär mit der Klärung der gemischtwirtschaftlichen Betriebe, also Einzelhandel und Handwerk, befasst. Er sieht dabei eine bessere Aufsicht durch den Staat, durch eine Umwandlung in sozialistische Betriebe. Da die Entlohnung eh schon auf der Grundlage von volkseigenen Löhnen erfolgt und der volkseigenen Preisbildung unterliegt."

„Das ist nach der Landwirtschaft in LPGs, eine Enteignung der Kleinhandels Unternehmen?"

„Richtig! Der Staatssekretär begründet das damit, dass das schlechte Beispiel der BRD-Wirtschaft Schule machen kann. Die westdeutsche Wirtschaft sei eh schon bald in der Krise, weil die Wirtschaftsbosse an die Bonner Regierung keine Steuern abführen. Mit Abschreibungen werden unrentable Betriebe betrieben, um die Steuern der Gutgehenden einzusparen. Die Unternehmer wirtschaften in die eigene Tasche, bezahlen keine Vermögenssteuer, ihre Betriebe erhalten zusätzlich Subventionen. Klever sind die Unternehmer, die sich im Saarland einnisten, als Patrioten für die inländische Entwicklungshilfe gefeiert werden und dafür fette Fördermittel abfassen."

„Das verstehe ich nicht, in der BRD gibt es keine Engpässe!"
„Der Staatssekretär meint dazu, dass dies noch kommen wird. Es sei eine neue Chance der DDR, die BRD zu überholen. Zurzeit verfolgt unsere Regierung die Strategie, die Bonner Regierung in die Schranken zu weisen. Sie zu zwingen die angedichtete antinationale Politik und das Schüren von Spannungen aufzugeben. Dadurch kann der Ost-West-Handel mit Kontrolle des Staates maximal entfaltet werden.
„Ich verstehe das Ganze nicht, was hat das mit dem Fall der Kindesentführung zu tun?"
„Brauchst du auch nicht, jedoch dieser hundert prozentische Staatssekretär ist zufällig der Großvater des entführten Babys!"

„Nun verstehe ich, warum du mir Unterricht in der innerdeutschen Politik gibst. Das heißt für uns eine Nummer zu groß!"
„Richtig, und deshalb sehr gefährlich, wenn wir nicht aufpassen. Lieber junger Genosse, vergiss nicht; finde deine Bestätigung in der Pflege der Beziehungen von Mensch zu Mensch und im Vertrauen zur führenden Rolle der Partei, den Parteien der Nationalen Front und in der Deutsch Sowjetischen Freundschaft. Alles was dem im Wege steht, ist gegen die Interessen unseres Staates. Der von mir beschriebene Staatssekretär erklärt den kommenden Monat zum Monat der Partei, weil die Festigung dieser, eine unentbehrliche Voraussetzung unserer politischen und kriminalistischen Ermittlungsarbeit ist!"
„Mensch, in dir ist ein Agitator verloren gegangen. Ich verstehe, nicht der Mensch, sondern die Partei, ist in diesem Fall das versinnbildlichte Opfer!"

Peter ist verzweifelt, jedoch etwas erleichtert. Mit dem Erpresserschreiben steht Helga nicht mehr unter Mordverdacht, also kann er seine Frau am nächsten Tag aus der Anstalt holen. Gemeinsam werden sie auf Pauls Rückkehr warten und hoffen. Zu Hause angekommen greift Peter zum Telefonhörer.
„Mama bist du es", ruft er verzweifelt in die Hörmuschel.
„Was ihr wisst schon bescheid. Wie kannst du mir jetzt Vorwürfe machen, ich habe Angst um unseren Sohn und natürlich um Helga!"
Peter schüttelt mit dem Kopf, Tränen fließen aus seinen Augen.
„Mutter höre bitte zu, ich habe sonst niemanden, mit dem ich über meine Familienprobleme reden kann", versucht er seine Mutter zu überzeugen.
„Ja ich weiß, dass Papa andere Probleme hat, hier geht es um seinen Enkel, kann er da wirklich nichts tun."
Peter schnäuzt sich, dabei hellt sich sein Gesicht auf.
„Danke Mama, ich wusste, dass du mir helfen wirst. Ich glaube Papa tut das auch für mich und seinen Enkel. Natürlich halte ich euch auf dem Laufenden. Küsschen, grüß Papa!"

In der Sonderabteilung der Staatssicherheit arbeiten die Genossen auf Hochtouren, der Parteisekretär, Herbert Seifert wird zur Klärung eines Sachverhaltes in das Volkspolizeikreisamt gebeten.
„Lieber Genosse Seifert, wir haben es hier mit einem Delikt von Staatsfeindlichkeit zu tun, bitte sei uns behilflich bei der Ermittlungsarbeit."
„Staatsfeindlichkeit, das kann ich nicht verstehen. Ich denke es geht um Entführung?"
„Wir haben den Verdacht, dass Frau Helga Schmidt mit staatsfeindlichen Subjekten zusammenarbeitet. Uns ist noch nicht klar, welche Rolle dabei ihr Mann spielt."

„Peter, das kann ich mir nicht vorstellen. Sein Vater ist Staatssekretär. Die Familie Schmidt hat eine lange kommunistische Geschichte, sie war maßgeblich am Erstarken der Arbeiter und Bauernmacht beteiligt. Peter Schmidt ist Spitzensportler der DDR und wird auf der Gehaltsliste des Werkes geführt. Er ist trotz sportlich bedingter mehrtägiger Abwesenheit in unserem Betrieb Brigadier der Automatendreherei und stellvertretender Vorsitzender der Arbeiter und Bauerninspektion, SED - Vorzeigemitglied, weiter ist er im FDGB, DSF Zivilverteidigung und Deutschen Sportbund organisiert. Also völlig ausgeschlossen und Westkontakte hat er keine."
„Was kannst du uns über seine Frau erzählen?"
„Sie kommt aus einer christlichen Künstlerfamilie, bescheiden, lebenslustig - das war 's."
„Da haben wir es! Künstler und christliche Familien pflegen Kontakt über die Kirche mit dem Westen. Lebenslustig sagst du, das haben wir schon herausgefunden, sie macht sich über unseren Staat lustig. Da lies!"
Der Genosse drückt Herbert ein zerknülltes Blatt Papier in die Hand. Herbert liest, dabei verzieht er den Mund zu einem Grinsen, besinnt sich sehr schnell und schüttelt über die antisozialistischen Zeilen den Kopf.
„Wir haben die Handschrift prüfen lassen und erkannt, dass es die Schrift von Frau Schmidt ist. Diese Information erhielt sie vermutlich übers Telefon, mit dem Ziel, die Schmähschrift unter die Leute zu bringen. Der Zettel lag unter dem Telefontisch. Nun verstehst du, wer den Staat untergräbt, hat keine Skrupel vor einem kleinen Mord."
„Nun greift ihr wirklich etwas hoch!"
„Was soll das heißen, stellst du dich auf die Seite der Staatsfeinde?"

„Nein, das habe ich damit nicht gemeint!"
„Wenn du etwas für den Genossen Schmidt tun willst, dann nimm ihn dir zur Brust. Er muss sich von seiner Frau distanzieren. Sie kommt auf jeden Fall wegen Verbreitung von Feindparolen in Untersuchungshaft. Das Verschwinden des Kindes wird weiter verfolgt. Danke Genosse Seifert, damit bist du für heute entlassen."
„Was meint ihr mit entlassen, stehe ich auch unter Verdacht, weil ich zufällig die Familie Schmidt kenne?"
„Nimm es nicht persönlich, wir müssen jedem Verdachtsmoment nachgehen!"
Nachdem der Parteisekretär gegangen ist, stellt der Ermittlungsführer der Staatssicherheit fest.
„Das Verhalten der Frau im häuslichen Umfeld passt zu der Aussage der Genossin vom Magnet Kaufhaus."

Peter sitzt grübelnd vor dem Telefon und wartet auf den nächsten Anruf der Entführer. Er ist sich nicht sicher.
„Tue ich Helga Unrecht - wir haben uns vor einem Jahr ewige Treue geschworen und nun breche gerade ich den Schwur - warum hat sie nicht auf unseren Paul aufgepasst?"

Peter weis, dass Kinderwagen nicht in das Magnet Kaufhaus mitgenommen werden dürfen und das ein Baby beim Einkaufen auf dem Arm stört.
„Nein Helga kann ich keinen Vorwurf machen!"
Während er sich zermartert, schläft der völlig erschöpfte Mann ein und hat Alpträume.

„Peter, der 1942 in Berlin geboren wurde, gehörte mit 16 Jahren zu den Halbstarken seines Kietz. Er stand mit seinen Freunden nach ihren Vorbildern aus Amerika, zum Trotz seines Vaters, an der Musikbox im westlichen Teil, der unter den Alliierten

aufgeteilten Stadt. Peter scherte sich einen Dreck um die Welt, wenn er nur Musik hörte, die sich „Rock n' Roll" nannte. Er war ein Kind der Presleyära und er schwärmte für ein Mädchen namens „Mary Lou", dem er gern begegnen wollte. Was war er nur für ein Schwein gegenüber seinen alten Jugendfreunden. Peter hatte sich tatsächlich vor den Karren der Genossen seines Vaters spannen lassen, seine Freunde verraten. Als Gegenleistung durfte er an der Kinder- und Jugendsportschule studieren. Vorher hatte er sich als Lehrling auf dem Bau eine „goldene Nase" verdient. Er war ohne Widerspruch bereit, in der frühen Morgenstunde des 13. August 1961 mit weiteren 4000 bewaffneten Angehörigen, Ostberliner Betriebskampfgruppen, entlang der 164 km langen Grenzzone zum amerikanisch-britisch besetzten Teil von Berlin, sich zu postieren, während die Volkspolizei und Grenzeinheiten Stacheldraht transportierten und Sperrzäune errichteten. Später mauerte Peter die Fenster der Häuserfront an der Bernauer Straße, mit anderen staatstreuen Handwerkern kurzerhand zu. Er war noch immer stolz am antifaschistischen Schutzwall mitgebaut zu haben. Peter wurde dafür nicht bei der Volksarmee eingezogen sondern in die Sportelite delegiert. Das Stadtwerk führte ihn als Karteileiche während der Sportkämpfe und Olympiaden, ansonsten war er in der Eliteabteilung des Werkes der Automatendreherei tätig. Ja Peters Vater hatte einen langen Arm.

„Beziehungen fehlen dem, der keine hat!"

Nur einmal verstieß Peter gegen den Willen des Vaters. Das war der Tag, als er Helga, seine „Mary Lou", heimlich kirchlich heiratete. Auf der Nachfeier im Standesamt diskutierte Helgas Bruder, ein Tanzmusiker, mit seinem Vater über die Versorgungsengpässe von Fleisch, Butter, Kaffe, Kakao und Südfrüchten. Dieses Gespräch brachte seinem Schwager Berufsverbot ein. Daraus entsprang die Hassliebe zwischen den zwei Familien.

Herbert sucht Peter am Nachmittag auf und spricht als Freund auf ihn ein. Diese Aussprache ist das ganze Gegenteil der Hilfestellung vom Vorabend. Er legt Peter nahe, umgehend die Scheidung einzureichen, sonst stände er mit unter Verdacht, westliche Propaganda verbreitet zu haben.
Damit sei seine sportliche Laufbahn und seine berufliche Entwicklung gefährdet.
„Die Genossen der Kriminalpolizei fanden unter eurem Telefontisch westliches Propagandamaterial und damit stützen sie die Anzeige und Überstellung deiner Frau ins Frauengefängnis!"
„Was meinst du damit, etwa den Schmierzettel den ich zusammengeknüllt habe?"
„Du kennst den Text?"
„Ja, ich habe den Zettel gestern am Telefon gefunden, mir nichts dabei gedacht, zerknüllt und weggeworfen!"
„Dann kann ich dir nicht helfen. Warum hast du den Zettel nicht verbrannt, zerrissen und im Klo runtergespült? Nun bist du deswegen auch noch dran. Pass auf, wir vergessen das alles!
Du weißt nichts von dem Zettel, reiche sofort die Scheidung ein!"
„Ich verstehe das ganze Spiel nicht. Ich habe Angst um meinen Sohn, der entführt wurde. Warum kümmert sich die Polizei nicht darum?"
„Das tun sie, jedoch Staatsverleumdung wiegt schwerer, das müsstest du bei deiner Biographie wissen!"

Peter reicht noch am gleichen Tage bei einem ihm benannten Anwalt die Scheidung von Helga ein. Er ist einverstanden, dass seine Frau für die Straftat und ihr irres Geschwätzt ins Frauengefängnis überführt wird.
„Dieser Frau kann und will er nicht mehr begegnen, ihr muss die Straftat nachgewiesen werden!"

Verhör

Helga liegt lange wach.
„Warum misstraut mir Peter, er hat mir immer wieder beteuert, dass ich seine Mary Lou, die Frau seiner Träume bin. Nur für ihn habe ich mein Musikstudium, das ich in Weimar abbrechen musste, nicht wieder aufgenommen und meine Familie und Freunde aufgegeben. Mit der Band meines Bruders war ich so lange auf der Bühne bis Peters Vater durch Intrigen das Berufsverbot gegen unsere Band erwirkt hat."
Helga kann sich noch wie heute an die erste Begegnung mit Peter erinnern:

Sie betrat an ihrem ersten Arbeitstag schüchtern das große Fabrikgebäude, ihre Absatzschuhe hatten sich im Abstreicher verfangen und der Absatz brach ab. Wie ein Ritter reichte der große attraktive Mann mit dem schwarzen Lockenkopf, ihr seinen Arm und reparierte den Absatz. Seine dunklen Augen sahen sie verschmitzt an. Immer wieder begegnete Helga ihrem Ritter in der Betriebskantine. Nach zwei Monaten tanzten sie auf einem Betriebsfest zusammen. Dabei summte er, „hello Mary Lou, goodbaye heardt, Sweet Mary Lou I'm so in love with you. I knew Mary Lou we' never part. Hello Mary Lou", ihr in's Ohr.
Helga nahm ihn mit zu Auftritten der Band. Er klatschte begeistert, wenn sie auf der Bühne sang. Peter kritisierte eines Tages die Band. „Eure Band hält sich nicht an die staatlichen Vorgaben, 70 Osttitel und nur 30 West, ihr macht es genau umgekehrt!"
Helga brach daraufhin den Kontakt zu Peter ab.
Die Liebe zwischen beiden war stärker, er wartete täglich vor dem Werktor. Als er sie nicht antraf, fuhr er zu ihren Eltern und bat um die Hand der Tochter, seiner Mary Lou.

Am nächsten Tag wird sie von der wortlosen Krankenschwester aus dem Zimmer in einen kahlen Raum geführt. Dort warten bereits zwei Männer, die sich als Mitarbeiter der Polizei ausweisen. Es ist Oberkommissar Busse und der Neue, der die Verhörführung übernommen hat.
„Wo ist ihr Kind, wo haben sie ihr Kind vergraben?", fragt er überheblich.
„Was?"
Sabine ist völlig irritiert bei dieser ungeheuren Anschuldigung.
„Wir wissen, dass sie ihr Kind umgebracht haben und dann ins Magnet Kaufhaus fuhren, um den Mord zu vertuschen, geben sie es zu."
Busse schüttelt, über diese gemeine Art, den Kopf. Helga kann ihn nicht sehen, weil der ältere Polizist hinter ihr steht.
„Warum soll ich mein Kind umgebracht haben, ich liebe mein Kind und meinen Mann!"
„Den können sie sich abschminken, sie Mörderin und Staatsfeindin!"

Nun hat Busse von dieser arroganten Art des Neuen genug, er fordert ihn auf den Raum, zu verlassen. Dabei sieht er nicht das böse Gesicht des jungen Genossen.
„Beruhigen sie sich, mein Kollege war etwas zu forsch", redet er tröstend auf die Frau ein. Danach verlässt auch er den Raum.
Zurück bleibt die verstört weinende Frau.
Auf dem Gang weist Busse den Neuen zurecht.
„Musst du gleich so mit der Tür ins Haus fallen?"
„Mit so einem Gesindel kann man nicht streng genug verfahren", ist seine überhebliche Antwort.
Helga wird nach dem menschenverachtenden Verhör, diesmal mit Handschellen, in ihr Zimmer zurückgeführt.

Sie kommt nicht zur Besinnung. Wenig später geht ihre Zimmertür wieder auf. Peter und ein vornehm gekleideter Herr treten ein. Peter sieht sie nicht an sondern zum Fenster hinaus. Der Fremde erklärt Helga, der Anwalt ihres Mannes zu sein und legt ihr mehrere Schreiben zur Unterschrift vor.

„Was ist das?", fragt die seelisch, geschundene Frau.

„Ihre Scheidungspapiere", erklärt der Anwalt.

„Ich will mich nicht scheiden lassen!", schluchzt die Frau und geht zu Peter, der dreht sich beschämt weg. Nach einer Weile sieht er sie an und schreit, „du hast mir meinen Jungen genommen und immer wieder gegen meinen Willen gehandelt. Ich erkläre unsere Ehe als gescheitert!"

Er sieht wieder weg und knabbert an seinen Fingern. Helga kennt diese Reaktion, immer wenn er aufgeregt und im Unrecht ist, knabbert er an den Fingern.

Die Frau weiß, dass was er von ihr verlangt, ist nicht sein eigener Wille, deshalb erklärt sie.

„Nein – ich bin mit der Scheidung nicht einverstanden!"

Daraufhin hockt sie sich in die Ecke des Raumes und ist nicht mehr ansprechbar. Der Anwalt schüttelt mit dem Kopf.

„Wir werden die Scheidung erzwingen, ob ihre Frau will oder nicht! Ich nehme an, ihre Frau ist nicht mehr zurechnungsfähig!"

Die Männer verlassen ohne Gruß den Raum. Helga hört noch, wie die Tür zweimal verschlossen wird, dann fällt sie in einen Weinkrampf. Peter verabschiedet sich von dem Anwalt, ein Freund seines Vaters, sehr reserviert. Ihm ist nicht wohl in seiner Haut, was ist er nur für ein Schuft. Er lässt sich für drei Wochen von der Betriebsärztin, wegen zu hoher nervlicher Belastungen krankschreiben und fährt zu seiner Mutter nach Berlin. Seine Eltern bestätigen ihm, dass er sich richtig verhalten hat. Nach drei Wochen hat Peter Abstand gewonnen und kann seine Wohnung wieder betreten. Die Nachbarin betreute und reinigte die Wohnung gegen ein geringes Entgelt.

Peter fühlt sich in der einsamen Wohnung nicht wohl, alle Gegenstände erinnern ihn an seinen Sohn und Helga. Der Mann flüchtet aus der Einsamkeit und läuft ziellos durch die Stadt. Nach Stunden verspürt er Hunger. In der Selbstbedienungskneipe, schmutziger Löffel, brennt noch Licht. Inzwischen ist es Abend, es regnet, nasskalt kriecht es ihm von unten hoch. Peter, getrieben von dem Gefühl nutzlos zu sein, sucht menschliche Nähe und betritt die Kneipe. Die Kneipe ist überfüllt, der Gastraum völlig verqualmt, über den Tischen hängen schmutz verschmierte Lampen, die grelles Licht auf überquellende Aschenbecher werfen. Es riecht nach Essensresten und kalten Rauch. Einige angetrunkene Gäste teilen sich lautstark mit, andere sitzen mit traurigen Gesichtern, stumm auf ihren Stühlen. Die dralle Bedienung nimmt Peters Bestellung auf, auch ihr Gesicht ist aufgedunsen. Peter wirkt abwesend, resigniert, er findet sich schäbig und verachtenswert. Seine sonst so gepflegte Erscheinung ist erbärmlich, das Gesicht von dem vielen Alkoholgenuss der letzen Tage aufgedunsen, die Kleidung durchnässt und zerknittert. So wie er in diesem Moment aussieht und sich fühlt, kann er niemanden begeistern. Ja, er fühlt sich ausgepauert, einsam, isoliert. Die Bedienung stellt ihm das Essen hin, strammer Max, sein Lieblingsmenü und kassiert sofort ab. Peter beginnt in dem Essen herumzustochern, es ekelt ihm an in dieser Atmosphäre. Früher hatte er diese Kneipe gemieden, Helga nie zugemutet hier einzukehren. Wie tief ist er gesunken?

Am nächsten Tag steht vor der Anstaltstür ein vergittertes Auto, das Helga ins Frauengefängnis bringt. Helga verfolgen Alpträume. Im Traum sieht sie ihren kleinen Paul, der seine Ärmchen nach ihr streckt und weint. Sie bittet in der Untersuchungshaft immer wieder um einen Rechtsbeistand. Helga ist unschuldig, keiner will ihr helfen. Sie hat nach zwei Wochen eine Hafterleichterung und darf mit anderen Frauen Tüten kleben. Dabei nimmt sie eine Schere an sich und will ihrem Leben ein Ende setzen. Eine Mitgefangene verrät sie. Helga bekommt eine Leibesvisitation und wird in eine dunkle Zelle gesperrt.

Ein Monat nach dem Verschwinden des Babys von Peter kommt ein Kollege aufgeregt zur Schicht und erzählt den Kollegen, was er heute Morgen auf dem Bahnhof erlebte. Die Kollegen stecken die Köpfe zusammen, laufen auseinander, als Peter zu ihnen tritt und sie strafend anfährt, sofort an die Maschinen zu gehen. Keiner mag den sonst so kameradschaftlichen Brigadier mehr leiden, die Kollegen können ihm nicht vergessen, dass er seine Frau einfach in Stich gelassen hat.
In der Pause fragt Peter den Kollegen nach der so aufregenden Neuigkeit.
„Was hattet ihr zu tuscheln, das ich nicht hören sollte?"
„Quatsch, wir haben keine Geheimnisse vor dir. Wir wollten dich nicht noch mehr beunruhigen. Auf dem Bahnhof hat die Transportpolizei einen ausgesetzten Säugling gefunden."
Alle schauen auf Peter, was wird er unternehmen, nachdem er seine Frau des Mordes verdächtigt hat?
„Warum sagt ihr mir das erst jetzt, das ist mein Paul! Dann ist Helga unschuldig!", ruft er verzweifelt. Peter rennt in den Umkleideraum, danach verlässt er ohne Abmeldung das Werk. Der Parteisekretär sieht ihm

kopfschüttelnd nach. „Diesmal bekommst du ein Disziplinarverfahren. Du denkst mit deinem hochkarätigem Papa kannst du dir alles herausnehmen!"

Peter fährt zum Bahnhof. Die Fahrkartenverkäuferin muss von ihrer Kundschaft wissen, was hier vor sich ging. Die Frau ist begeistert einem Unwissenden die Neuigkeit im Detail, zu erklären.
„Hier gleich neben dem Aufgang zum Bahnsteig 3 und 4, hörte eine Reinigungskraft ein Baby schreien. Die Raumpflegerin schaute unter die Treppe und sah ein Kind in einer Lebensmittelkiste. Sie wissen schon so eine, wo die Russen ihr Konfekt immer reintuen und dann gleich aus der Kiste pfundweise verkaufen. Das Kind war blau angelaufen, es soll so blau ausgesehen haben, wie sein Jäckchen und die Mütze. Sofort liefen viele Reisende zusammen, dann kam die Transportpolizei, der Beamte rief die Volkspolizei und den Krankenwagen. Das Kind soll im Regierungskrankenhaus sein:"
„Vielen Dank, sie haben mir sehr geholfen, darf ich bei ihnen telefonieren?"
„Wem wollen sie den anrufen? Sind sie von der Presse?"
„Nein, ich bin der Vater und muss die Polizei sprechen!"
Peter spricht mit der Polizei, dann schaut er die Frau traurig an.
„Kann ich ihnen helfen, geht es dem Kind schlecht?"
„Wie komme ich am schnellsten zum Kinderkrankenhaus?"
Die Frau erklärt Peter den Weg.

Ermittlungen

Das graue Gebäude am Rande der Stadt ist das Zentrum des Staatssicherheitsdienstes. Wer genau hinsieht, kann ein Gewirr von Antennenanlagen entdecken, die die Direktion direkt mit der Stasizentrale Berlin in der Normannenstraße verbindet. Überall stehen Schilder, „Fotografieren und Eintritt verboten!"
Die Bürger der Stadt meiden dieses Gelände aus Angst vor dem langen Arm der Staatssicherheit. Wer in dieses Gebäude abgeführt wird, das mehrfach unterkellert ist, kann sich selten wieder in der Öffentlichkeit, ohne Schatten, bewegen. Hier liegen die Akten über auffällige Personen, eigene Genossen, sogar Hundertprozentige denen die Staatsmächtigen misstrauen.
Einer dieser Hundertprozentigen ist Peters Vater, Staatssekretär und Mitarbeiter in der Arbeitsgruppe des Handelsministeriums.
Ein junger Mann betritt völlig unbehelligt das Gelände und wird freundlich von den Wachposten begrüßt. Hätte Busse diesen Mann gesehen, wäre er vor Schreck erstarrt.

In hundert Meter Luftlinie befindet sich die russische Kaserne, mit dem Standort des örtlichen KGB Verantwortlichen, der sich dem Fall des aufgefundenen Babys angenommen hat. Er erwirkt, dass die Genossen der Staatssicherheit den Fall komplett einstellen und auch andere Personen keine Zugriffsmöglichkeit zu der Ermittlungsakte mehr bekommen.
Für die Zeugenbeseitigung wollen die Genossen der DDR, im Rahmen ihrer Möglichkeiten sorgen, so dass der Fall aus dem öffentlichen Interesse verschwindet.
Die russische Kaserne liegt im Norden der Stadt, an einer Ahorn Allee, neben einem Grund. Auf dem Gelände der Kaserne stehen Peitschenlampen, die das gesamte

Gelände ausleuchten. Ein riesiges Gitter und ein dunkelgrüner Holzlattenzaun umzäumen das riesige Gelände zum Wald und Grund. Der Holzzaun ist durchlöchert. Jungen Soldaten schleichen dadurch, um sich im Heidesand und am Bächlein von ihrem Dienst zu erholen. Sie warten völlig unauffällig auf Wanderer, mit denen sie heimlich Zigaretten gegen Abzeichen tauschen. Werden sie dabei von einem Offizier erwischt, setzt es Prügel und Arrest. Zur Allee und Straße ragt eine riesige Mauer gegen den Himmel, die von einem breiten Einfahrtstor unterbrochen ist. Über dem Tor prangt der rote Sowjetstern. Dahinter stehen hässliche Baracken, deren Fenster in halber Höhe mit Zeitungspapier verklebt sind, um niemandem Einblick zu gewähren. Von der Decke baumelt eine Glühbirne an einer Strippe. Aus dem Versorgungsmagazin kommt ein Geruch von Kohl, dazu mischt sich der Gestank von Knoblauch und Küchenabfällen. Dieses Gemisch zieht bei Wind in die nahe gelegenen Wohngebiete. Die Soldaten entwickeln abends eine kollektive Geselligkeit. Dann tönt, über die Wipfel der schwermütige Gesang, über ein „Mädchen Katjuscha, Soldati Bum und Vecerni swom."
Auf dem Kasernengelände leben auch die Offiziersfamilien. Die Kinder laufen morgens in einheitlicher Schulkleidung zur Schulbaracke. Die meisten Mädchen haben lange Zöpfe, mit riesigen Schmetterlingsschleifen und um den Hals tragen sie rote Tücher. Die braunen Schulkleider schützen lange schwarze Schürzen mit Flügelärmeln. Die Frauen der Offiziere sind sehr aufdringlich bemalt und treten in Rudeln auf. Ein Einheimischer erkennt diese Frauen, ohne sie gesehen zu haben, am aufdringlichen Maiglöckchen- oder Rosenparfüm.

„Hast du schon gehört?", fragt der Neue Wolfgang Busse.
„Was soll ich gehört haben?"
„Der Babyerpresser soll gefasst worden sein". berichtet er dem Kollegen bei Dienstbeginn!
Busse weiß nicht, ob er lachen oder weinen soll, war das nun der erfolgreiche Abschluss einer wochenlangen Jagd nach dem Entführer?
„Vor einer Stunde haben ihn unsere Kollegen auf der Müllhalte der Stadtreinigung gestellt. Er hatte das Geld vergraben und wollte es nach einer geraumen Zeit unbemerkt abholen!", erklärt der Neue.
Nach einer Weile resümiert er, „dann wird er ein Geständnis zur Entführung ablegen und die Eltern bekommen endlich ihr Baby zurück."
„Daran glaube ich nicht!", entgegnet Busse.
Ein eigenartiges Gefühl sagt dem erfahrenen Kriminalisten, dass es nicht so sein wird. Sein junger Kollege wirkt verunsichert. Wolfgang schüttelt mit dem Kopf. Der Neue glaubt noch, dass jede Festnahme ein Sieg des Rechtes bedeutet und jede Verhaftung zum Erfolg führt.
Ein Kollege tritt ein und berichtet vom Verhör.
„Der Erpresser ist nur ein Trittbrettfahrer, der sich bei der Person geirrt hat. Er wollte das Baby seiner ehemaligen Verlobten entführen, das wirklich sein Kind ist. Sein Plan war sie zu verängstigen. Dann ist er auf die Idee gekommen, die Familie Schmidt gleich mit zu erpressen, beinahe wäre ihm das gelungen."
„Ich habe gehört, dass dieser Schelm in der Automatendreherei nach seiner Haftentlassung als Spänezieher gearbeitet hat und der Sportfreund Schmidt, sein Brigadier war", mischt sich der Neue wieder ein.
„Danke für deinen Bericht!", entgegnet Busse.

„Nur ein Trittbrettfahrer, wir sind wieder bei null angelangt!", ärgert sich der Neue.
„Bei null sind wir auf keinen Fall. Der Spur mit den zwei Ausländerinnen ist bisher noch keiner nachgegangen!", überlegt der Ältere.
„Das war nur ein Ablenkungsmanöver der Schmidt."
„Das glaube ich nicht, wir haben noch keine Beweise für ihre Schuld."
„Blödsinn, die hat viel schlimmere Sachen auf dem Kerbholz!" Und damit ist für den Neuen die Schuldfrage geklärt.
Da klingelt das Telefon, der Neue geht an den Apparat.
„Na also!"
Busse schaut auf.
„Was doch nicht?"
Busse will den Hörer haben, der Neue gibt ihn den Hörer nicht.
„Was war denn?", Busse fordert verärgert eine Berichterstattung.
„Es wurde ein Baby in einer Lebensmittelkiste mit russischer Aufschrift auf dem Bahnhof ausgesetzt. Es soll nicht das Baby von unserer Sonderkommission sein, obwohl es ähnliche Kleidung, wie das entführte Baby trägt."
Busse grübelt, es gibt Fälle, da sind sogar ihn die Hände gebunden. Er glaubt, dass es bei der Kindesentführung darauf hinausgeht. Ein Umstand macht ihn unsicher. Die Mutter des entführten Babys nimmt kein Parfüm. Der Wagen stank nach Maiglöckchenparfüm, das haben die Ballistiker schwarz auf weiß bestätigt.

Seine Kollegen würden ihn für diese Voraussagen als paranoid bezeichnen, Busse spürt plötzlich;
„Es ist besser, sich den Rücken frei zu halten. Solche Fälle, wie die Kindesentführung und die darin involvierten Persönlichkeiten

machen ihm Angst. Ihm können seine Vorgesetzten, die auch Mitarbeiter der Zunft sind, Knüppel zwischen die Beine werfen, wenn er weiter mit Hartnäckigkeit die Lösung des Falles vorantreibt.
Busse muss sogar Gefahr laufen kaltgestellt zu werden. Er tut seit Jahren seinen Dienst gewissenhaft, blieb aber ständig aufmerksam für besondere Begleitumstände. Unzählige ungelöste Fälle befinden sich noch in den Archiven der Volkspolizei mit gerade diesen rätselhaften Begleitumständen. Es sind Fälle, an die sich niemand so recht herantraut, weil sie unter die Sphäre des KGB fällt und unter keinen Umständen an die Öffentlichkeit gelangen darf!"

„Also doch", meint Busse laut zu dem Neuen gerichtet. „Viel verwickelter, wie wir vorher ahnten, deshalb wird die Akte des maßgeblichen Kindertauschs, die an dem Tor der russischen Kommandantur endet, geschlossen.

„Was es nicht gibt – darf auch nicht sein!"

Busses Visionen waren nicht unrealistisch! Er wurde noch im gleichen Monat, in eine Gemeinde, in einem anderen Bezirk, als Abschnittsbevollmächtigter versetzt. Sein Posten bei der Kriminalpolizei erhielt der Neue.

Später holte ihn ein Freund aus der Wirtschaft in die Stadt zurück. Busse erhielt die Funktion des Kommandeurs, der Zivilverteidigung, in einem großen Kombinat.

Notaufnahme

Die Schwester aus der Kinderklinik hat Peter achselzuckend erklärt, heute wurde kein Säugling hier eingeliefert. Erst als Peter sie aufklärt, dass er der Vater des gefundenen Babys vom Bahnhof ist, hat sie ein Herz.
„Ich habe gehört, dass das ausgesetzte Baby in die Notaufnahme zur Beobachtung gebracht wurde!"
Er nimmt sie aus Dankbarkeit beim Kopf und läuft danach stürmisch davon. Vor der Notaufnahme steht ein großes Aufgebot an Polizei. Peter sieht Ulli, einen Sportfreund, der als Krankenpfleger in der Notaufnahme arbeitet.
„Hallo Ulli!"
„Peter Schmidt, was machst du hier?", fragt erstaunt der Sportfreund.
„Ich suche mein Baby, das Entführte, es soll in die Notaufnahme gebracht worden sein!"
„Davon weiß ich nichts, aber du kommst da nicht rein, die Polizei hat alles abgeriegelt!"
„Ich muss zu meinem Sohn! Kannst du mir nicht helfen, Ulli?", fleht ihn Peter an. Uli denkt nach, „du kannst höchstens durch den Keller und damit unbemerkt an dem Posten vorbei. Pass auf, ich mache dir eine kleine Skizze, damit du dich zurechtfindest."
Ulli drückt Peter die Skizze von der Notaufnahme vorsorglich in die Hände.
„Machs Gut, ich muss zur Visite, berichte mir später, was du erreicht hast."
Peter erkennt aus Ullis Handskizze, wie er durch den Keller, an der Polizei vorbei, in die Notaufnahme kommt. Neben dem Eingang für die Krankenträger findet er den Eingang zum Keller. Die Tür ist tatsächlich offen. Im Kellergeschoß stehen alte Geräte herum, in der Notbeleuchtung sieht alles sehr gespenstig aus.

An der Treppe zum Aufgang hört er hinter sich ein Geräusch. Konnte das der Sicherheitsdienst sein, der Peter beim Öffnen der Kellertür beobachtet hat und ihm nachgegangen ist? Er überlegt: Zurück will er nicht, also bleibt ihm nur noch der Weg, über die Treppe, nach oben. Die Kellertreppe erweist sich als sehr praktisch und überschaubar. Der Mann steigt leise atmend, auf Zehenspitzen hinauf und bleibt spähend auf der vorletzten Stufe stehen. Im Erdgeschoss sieht er durch das ovale Türfenster ein Labyrinth von Gängen, Türen und hastig hin und her laufendes Personal in weißen Kitteln. Plötzlich läuft ihm ein kalter Schauer über den Rücken. Neben der Tür, für ihn greifbar nahe, steht geduldig wartend ein Polizeibeamter. Sein Kollege am Vordereingang prüft die Papiere der Ein- und Hinausgehenden. Der Polizeibeamte vor Peters Tür dreht sich um und blickt geradewegs in seine Richtung. Peter erstarrt, der Mann ist Oberkommissar Busse. Genau der Busse, der seine Wohnung nach dem Verschwinden von Paul untersucht hat. Das ist ein Zeichen, dass Paul hier sein muss.

„Warum verdammt noch mal hat die Polizei heute Morgen bestritten, dass sie Peters Baby gefunden haben?" geht es dem verzweifelten Mann durch den Kopf. Durch diese Tür kann er nicht in die Notaufnahme gelangen. Da knarrt die Stufe unter ihm. Oberkommissar Busse dreht sich irritiert von dem Geräusch zur Tür und will sie öffnen. Peter schießt Blut in den Kopf, er fühlt wie seine Schläfen klopfen. Peter muss zurück in den Keller, wo womöglich der Sicherheitsdienst wartet. Peter rennt die Treppe hinunter und versteckt sich in einer Nische. Hier hört er wieder die Geräusche, die zu seiner Erleichterung aus dem Maschinenraum des Fahrstuhles kommen. Oben am Treppenaufsatz wird eine grelle Taschenlampe angeknipst, die den Kellergang ausleuchtet. Eine unendliche Zeit pendelt der Lichtkegel über die Wände, Geräte und Decke, dann schlägt die Eisentür vom Erdgeschoß wieder zu. Peter geblendet durch das Licht, hat erst einmal die Orientierung verloren. Er weiß nicht mehr an welchem Ende er sich befindet. Auf keinen Fall darf er Busse in die Arme laufen. Ein Streichholz hilft ihm den Zettel von Ulli weiter zu entziffern. Sofort ist Peter klar, dass er sich verlaufen hat. Da kommt ihm eine Idee. Ich muss mir einen weißen Kittel, ein Stethoskop und einen Mundschutz organisieren. Mit der Verkleidung passe ich hier her und keiner erkennt mich!

Auf dem Plan erkennt er den Seitenaufgang zur Pathologie, dort wird er bestimmt einen Kittel und das notwendige Zubehör finden. Laut Plan geht ein langer Gang bis zum Fahrstuhl, mit diesem kann er in die erste Etage der Notaufnahme gelangen. Dort soll im Zimmer sechs das Findelkind untergebracht sein. Diese Information hatte ihm die Krankenschwester, von der Kinderklinik, beim Weglaufen noch zugerufen. In einem Umkleideraum findet Peter einen Kittel und einen Mundschutz. Stethoskop war wohl eine Fehlanzeige – richtig, hier werden Leichen untersucht, deren Herzen in den seltensten Fällen noch schlagen, greift sich Peter an den Kopf. In seiner Verkleidung steht der potentielle Arzt aufgeregt vor der Fahrstuhltür und zwingt sich zur Ruhe. Eine Krankenschwester steigt aus dem Fahrstuhl und grüßt freundlich.
„Guten Tag, Herr Doktor."
Seine erste Feuerprobe hat er bestanden. Die Verkleidung ist passend. In der ersten Etage hält der Fahrstuhl, ein Pfleger mit einem Mann im Rollstuhl steigt ein. Peter überblickt schnell den Gang.

Vor dem Zimmer sechs, unweit vom Fahrstuhl und dem Treppenaufgang, stehen zwei Herren mit langen schwarzen Mänteln. Peter erkennt an den Ausbeulungen unter den Mänteln, dass die Männer Waffen tragen. Er fährt in die dritte Etage, sieht sich um und findet in einem unbeaufsichtigten Schwesternzimmer ein Stethoskop. Damit begibt er sich ins Treppenhaus und steigt wieder zur ersten Etage hinunter.
Durch das Etagenfenster beobachtet er die Vorgänge auf dem Gang und dem Zimmer sechs. Ein Arzt verlässt den Raum. Die Männer in Schwarz unterhalten sich angeregt. Peter befestigt den Mundschutz, öffnet die Tür vom Treppenhaus und tritt sicher auf den Gang. Er geht zuerst ins Schwesternzimmer, verlangt ein Fieberthermometer, das er auch anstandslos erhält. Sicher auftretend, öffnet er die Tür vom Zimmer sechs, tritt ein und verschließt sie leise. Das Zimmer ist abgedunkelt. Peter entdeckt in der Mitte des Raumes, an Geräten und Schläuchen hängend, seinen Sohn.
Das Kind ist gewachsen, stellt er fest. Der Junge schläft schwer atmend. Peter tritt näher, er ist höchst angespannt. Zitternd legt der Mann dem schlafenden Knaben seine Hand prüfend auf die Stirn, dabei kommt er unbeabsichtigt an das linke Ohr – da ist kein Muttermahl, keine Lilie. Der Mann erstarrt, will vor Verzweiflung laut schreien. Zu allem Unglück geht in diesem Moment die Zimmertür auf. Der Arzt und eine Krankenschwester treten ein.
„Was machen sie hier!", herrscht ihn der Arzt ungehalten an. Peter reißt den Mundschutz herunter, der ihn am Atmen hindert.
„Ich bin der Vater, ich dachte ...!"
Er rennt zur Tür, da steht die Schwester. Peter schiebt die Frau unsanft zur Seite, reißt die Tür auf und rennt hinaus auf den Gang.

Die zwei Männer in Schwarz blicken ihn an.
Der Arzt ruft aus dem Zimmer, „ihm nach, er ist kein Arzt!"
Peter rennt eine weitere Krankenschwester, mit einem Tablettenwagen um. Die Fahrstuhltür schließt sich, diesen kann der Flüchtende nicht mehr erreichen. Er greift nach der Klinke der Tür zum Treppenhaus.
„Verdammt die Tür, ist verschlossen!" denkt er verzweifelt. Dann merkt er, dass er nur in die falsche Richtung drückt. Inzwischen sind ihm die zwei Schwarzen schon unheimlich nahe, sie haben ihre Waffen gezogen. Peter schafft es die Treppe hinauf zu eilen, immer zwei Stufen gleichzeitig nehmend. Im dritten Stock kennt er sich aus, da hat er auf dem Herweg die vielen Laborräume gesehen. Er zwingt sich zur Ruhe, öffnet sanft eine Labortür, greift nach der Laborbrille, die auf einem Tisch liegt, und setzt sich an ein Mikroskop. Nun ist er emsig mit einer Analyse beschäftigt. Wenig später steht einer der Verfolger an der Tür. Nachdem dieser nichts Ungewöhnliches im Labor entdeckt, schließt er die Tür wieder. Peter atmet auf, die anderen Laboranten schütteln, über die laute Störung des zivilen Fremden mit den Köpfen und arbeiten weiter. Peter steht auf, schaut aus dem Fenster und beobachtet das Geschehen vor dem Gebäude.

Am Eingang der Notaufnahme herrscht Aufregung, Polizisten laufen durcheinander.
„Da kann ich auf keinen Fall mehr hin, der Keller wird inzwischen unter Kontrolle stehen, also muss ich übers Dach", sagt sein Unterbewusstsein. Peter prüft die Fassaden. Das Dach ist unmittelbar über ihm, „Gott sei Dank, ein Flachdach", stellt er erleichtert fest.
Peter sieht, dass er nicht weit rennen muss, denn das andere Haus schließt sich an, diese zwei Meter

dazwischen kann er überspringen. Am nächsten Haus befindet sich eine Feuerleiter, die bis zum Boden reicht. Davor sind Bäume, also können die Verfolger ihn nur auf dem Dach sehen. Das muss er in gebückter Haltung passieren. Peter schaut mit brennenden Augen hinunter, dann wieder zum Dach, gibt sich einen Ruck, legt die Laborbrille wieder auf den Tisch und verlässt das Labor. Am Ende des Ganges erreicht er unbemerkt die Treppe zum Dachausstieg. In dem Moment, in dem er die Dachluke von außen schließen will, sieht Peter seine Verfolger an der Leiter unter sich. Mit aller Kraft stößt er die Luke zu und verriegelt sie. Der Wind bläst ihn ins Gesicht, Regen prasselt nieder. Peter rennt in gebückter Haltung zum Giebel. Seine Verfolger haben inzwischen die Polizisten vor dem Gebäude verständigt. Die schießen auf den Flüchtenden und treffen Peter am Bein. Der Verletzte humpelt an das Dachende und springt mit letzter Kraft auf das nächste Flachdach.

Infolge der Rangelei in Behandlungszimmer sechs haben sich die empfindlichen Apparaturen abgeschaltet, an denen der Knabe hing. Der behandelnde Arzt und die Krankenschwester waren nach dem fremden Eindringling aus dem Zimmer gerannt, um dem Wachpersonal Hilfestellung zu geben.
Der Arzt betritt erst nach 20 Minuten das Zimmer wieder. Da kann er nur noch den Tod des Kindes feststellen. Seine Diagnose lautete „Neurofibromatose – das todkranke Kind wurde nach einer, nur im Ausland bekannten Methode behandelt!"
Er sieht bestürzt aus dem Fenster und beobachtet den Flüchtenden, der zum Sprung auf das andere Gebäude ansetzt.

Die Verfolger haben die Luke geöffnet und halten nach dem Flüchtenden Ausschau. Peter erreicht die Leiter, auf allen Vieren sich fortbewegend. Das Eisengestänge ist durch den Regen klitschig und das verletzte Bein schmerzt unerträglich. Von unten peitschen Schüsse in die Hauswand. Die Steine und der Putz aus der Verankerung der Feuerleiter lösen sich und fallen hinunter. In diesem Moment startet der Hubschrauber zu einem Rettungsflug. Er erhebt sich vor Peter in die Lüfte. Der Mann verliert das Gleichgewicht und stürzt in die Tiefe. Inzwischen sind die zwei Verfolger an der Absturzstelle angelangt und sehen nach unten. Einer der Männer schüttelt den Kopf und ruft nach unten, „tot?"
Die Polizisten nicken, er sagt erleichtert zu seinem Kollegen „Characho!"

Ohne Skrupel

„Der Genosse Staatssekretär ist nicht zu sprechen", erklärt die Sekretärin den zwei Besuchern in den langen, schwarzen Mänteln.
„Gut, dann wird er uns auf der Normannenstraße Rede und Antwort stehen!"
„Einen Moment, ich glaube er ist gerade in sein Zimmer gekomen, ich habe die Tür gehört", stellt die Sekretärin erleichtert fest. Sie greift nach dem Telefonhörer und meldet die zwei Herren an. Der Staatssekretär bietet verunsichert den Männern Platz an.
„Womit kann ich den Herren behilflich sein?", fragt er lauernd.
„Wir haben ihnen eine traurige Mitteilung zu machen!"
„So, dann schießen sie mal los", sagt der ahnungslose, Macht besessene Staatsbeamte.
„Ihr Sohn ist das Opfer eines Unfalls!"
„Ist er tot?", fragt der Vater fassungslos.
„Ja, er konnte nicht gerettet werden."
„Darf ich Genaueres wissen?"
„Den Fall hat der KGB übernommen, wir bedauern."
„Wo kann ich meinen Sohn sehen?"
„Das ist in diesen Fall nicht möglich, er ist bereits im Krematorium. Sie können die Urnenbeisetzung vorbereiten."
„Was soll das? Noch ist es das Recht der Angehörigen die Beerdigung festzulegen, ich bestehe auf eine Erdbestattung!", schreit der erregte Mann.
„Beruhigen sie sich, wir tun auch nur unsere Pflicht. In diesem Fall existiert diese Verordnung nicht. Wir fordern sie auf sich ruhig zu verhalten!"
„Ich werde mich beim Staatsratsvorsitzenden beschweren!"

„Was sie nicht sagen, sollen wir deutlicher werden? Bei uns liegt eine Akte über ihre Vergangenheit, die wir ungern wieder öffnen möchten. Solange sie kooperativ sind, haben wir dazu auch keine Veranlassung."

Der Staatssekretär kennt den Inhalt der Akte, er nickt nur noch. Ihm wurde vorgeworfen ein Anhänger und Günstling eines Abtrünnigen gewesen zu sein. Der Abtrünnige war der 1. Außenminister der DDR, Georg Dertinger, Sekretär der Ost-CDU. Obwohl Dertinger ein treuer Diener der DDR war, wurde er 1953 als Verräter und Spion verhaftet.

Nein damit will der Staatssekretär nicht mehr konfrontiert werden, so erklärt er sich mit allem einverstanden. Er unterschreibt die, von den zwei Männern vorgelegten Schriftstücke und geht am Abend als gebrochener Mann nach Hause, um seiner Frau die traurige Nachricht zu übermitteln.

Abschiebung

Fünf Wochen sitzt Helga schon in Untersuchungshaft im Frauengefängnis, ohne dass sich ein Anwalt ihres Falles angenommen hat. Plötzlich öffnet sich die Zellentür.
„Raustreten Gefangene Nummer 100749, sie werden im Besucherraum erwartet!"
Zwei unnahbare Männer in dunklen langen Mänteln, stehen vor ihr.
„Setzen! Wir haben die Aufgabe ihnen folgende Gegenstände zu übergeben: Einen Ehering, eine Sterbeurkunde, unterschreiben sie den Empfang, danach legen wir diese Gegenstände in ihre Unterlagen, die sie bei einer eventuellen Entlassung ausgehändigt bekommen!"
„Ich verstehe nicht, mein Mann hat sich von mir scheiden lassen?"
„Seien sie ihm dankbar, bevor die Scheidung rechtskräftig war, hat er sie zur Witwe gemacht!"
Helga bricht in Tränen aus, „Peter tot, wieso!"
„Er wurde auf der Flucht erschossen! Gehen sie wieder in ihre Zelle."
Die Witwe erfuhr nie, um was für eine Flucht es sich gehandelt hat.

Helga wird am 24. Januar 1971 vom Frauengefängnis direkt zum Bahnhof gefahren und in einen überfüllten Zug gesetzt. Die Herren vom Strafvollzug überreichen ihr einen Reisepass, der auf eine Sabine Freitag ausgestellt ist. Von Mitreisenden erfährt sie, dass der Sonderzug aus den ehemaligen Ostgebieten kommt, die seit Ende des zweiten Weltkrieges unter polnischer Verwaltung standen. Im Amtsjargon heißen die Reisenden „Spätaussiedler - polnische Staatsbürger, deutscher

Abstammung, denen der deutsch-polnische Vertrag, vom 7. Dezember 1970, den Weg in den Westen ebnet.
Helga versteht nichts mehr. Geistesgegenwärtig nimmt sie ihren neuen Pass. Hier steht es schwarz auf weiß, Helga nunmehr Sabine Freitag ist am 10. Juli 1949 in Warschau geboren. Die Türen des Zuges bleiben während der Fahrt durch das Gebiet der DDR geschlossen. Auf den Bahnsteigen stehen bis zu den Zähnen bewaffnete Armeeangehörige. Der Empfang in der BRD auf dem Bahnhof Helmstedt ist herzlich. Mitarbeiter vom Roten Kreuz verteilen Getränke, Südfrüchte und Pralinen. Sabine erhält im Auffanglager 100 DM Begrüßungsgabe der Bundesregierung. Der Beamte stellt erfreut fest, dass Sabine Freitag ein perfektes Deutsch spricht.
„Sie werden nicht lange in unserem Lager wohnen. Ich bringe sie vorerst in einem Raum mit zehn jungen Frauen unter."
Als Sabine eines Abends aus dem Asylantenheim tritt, um einen Spaziergang zu unternehmen, wird sie von Jugendlichen angepöbelt. „Pollacken Sau!"
Weinend rennt sie in die Baracke zurück und beschwert sich bei der Lagerleitung. Zwei Wochen später ruft sie der Eingliederungsbeamte zu sich.
„Wir haben eine Stelle bei der Bahnhofsmission, mit Unterkunft in Nürnberg, für Sie gefunden. Möchten sie diese Arbeit annehmen?"
„Ja, am besten gleich heute!", erklärt Sabine erleichtert. Schon am nächsten Tag reist sie nach Nürnberg zu ihrer neuen Arbeitsstelle.
Sabine stößt die schwere Pendeltür auf und befindet sich in der Bahnhofshalle. Unbekannte Gerüche steigen ihr in die Nase. Sie fühlt sich wie in Pawlows Hundeversuch. Nürnberg ist bekannt für Lebkuchen, diese Botschaft war auch in das Tal der Ahnungslosen gedrungen.

In ihrer Heimat war sie heimlich in die Intershopläden gelaufen, nur wegen des unverwechselbaren Luftgemischs von Kaffee, frisch duftender Schokolade und Seifenpulver.

Ihre Familie hatte kein Westgeld und die dazugehörige Verwandtschaft, so konnte sich Sabine nur am Geruch ergötzen und die Waren ansehen. In der DDR gab es keine bunten Zeitschriften und Werbung. Dafür farblose Erfolgsmeldungen der Planerfüllung auf dem Lande, der Henneckes und Hockaufs und dann gab es in der DDR Leute, denen man nicht immer alles sagen durfte. Nicht einmal der heimliche Besuch im Intershop blieb unbeobachtet. Hier in Nürnberg hatte sie plötzlich alles. Sie gewöhnte sich sehr schnell an den neuen Geruch, die bunte Reklame, die Arbeit in der Bahnhofsmission und ihre kleine Absteige. Der erste Arbeitstag war unendlich lang. An diesem Abend fällt Sabine erschöpft ins Bett. Allmählich arbeitet sie sich in ihre Aufgaben ein. Sie bemüht sich um Behinderte, holt diese vom Zug ab oder bringt sie an die jeweiligen Züge und versorgt kleine Wunden. Bei Notfällen informiert sie den Amtsarzt, sonst betreut sie Reisende, die im Aufenthaltsraum der Bahnhofsmission auf ihren Zug warten. Gern kocht sie für die Reisenden Kaffee, Tee und reicht Plätzchen.
An einem Morgen kommt eine Mutter mit ihrem kleinen Mädchen erschöpft in Sabines Büro. Das Gesicht des Kindes umrahmen, einem Engel gleich, blonde Löckchen. Sie bitten um Platz in dem überfüllten Warteraum, ihr Zug nach München fährt erst in vier Stunden. Sabine übergibt den Beiden den Schlüssel zum Ruheraum. Als die Mutter den Schlüssel zurückbringt, umarmt der kleine Engel Sabine.
„Danke, du bist so lieb Schwester, darf ich dich adoptieren?"

Die Mutter und Sabine müssen herzlich über das reizende Kind lachen.

Sabine hält die Tür zum Warteraum ständig einladend geöffnet, so hört sie sehr schnell, wenn ihre Hilfe von Nöten ist, sie hört auch die Gespräche der Wartenden und fühlt sich damit in der fremden Stadt nicht ganz so einsam.

Eines Tages schlägt Sabines Herz höher. Der Warteraum ist fast leer, nur drei Personen, zwei Frauen und ein Mann sitzen an zwei Tischen. Die Frauen unterhalten sich angeregt. Sabine beobachtet, dass sich der einsame Mann zu den Frauen setzt.

Sie steht auf, um den freigewordenen Tisch abzuräumen und zu säubern, dabei vernimmt sie Stofffetzen eines Gespräches, das sie sehr interessiert.

„Was, sie stammen auch aus Ostdeutschland?"

„Ja, wir sind vor zwei Jahren über Bulgarien, Jugoslawien in die BRD geflüchtet und leben nun in München", erklären die zwei Frauen dem Fragenden.

„Ich kam über Cuba hierher."

„Wie soll das gehen?"

„Nicht ganz so einfach. In der Nacht konnte ich vom FDGB Urlauberschiff, Völkerfreundschaft, außerhalb des kubanischen Hoheitsgebietes, ins Meer springen und wurde von einem westdeutschen Frachtschiff gerettet. In München möchte ich mir eine neue Existenz aufbauen", erklärt der Mann bereitwillig.

Sabine tritt an den Tisch.

„Darf ich ihnen noch ein Getränk reichen?"

„Ja bitte, bringen Sie uns noch einen Tee."

„Mir bitte noch einen kräftigen Kaffee, danke."

Zu den beiden Frauen gerichtet meint der Mann, „das ist aber eine verdammt hübsche und nette Missionsschwester!"

Die Damen nicken und bedanken sich bei Sabine, für die Getränke und das Gebäck. Sabine öffnet ihre Bürotür noch etwas weiter, um das Gespräch ihrer ehemaligen Landsleute hören zu können. Am liebsten hätte sie sich dazu gesetzt und über ihr Schicksal berichtet, leider muss sie schweigen.
„Wo haben sie gewohnt?", fragt der Mann. Ihm fällt ein, „ich habe mich nicht vorgestellt, mein Name ist Bernd Lange. Ich wohnte in der gleichen Stadt, wenn ich ihren Dialekt richtig deute, wie sie, auf der Hauptstraße 15."
„Nein, wirklich?", jubelt eine der Frauen.
„Wir haben wirklich in der gleichen Stadt und Straße gewohnt? Wir wohnten auf der Hauptstraße 165", antwortet die andere Frau.
„Ich bin die Helga und das ist meine Schwester Ursula", dabei reicht sie Bernd Lange die Hand, auch ihre Schwester folgt zögerlich dem Beispiel ihrer temperamentvollen Schwester.
Er nimmt dankbar die Hände der Schwestern.
„Herzlich willkommen Ursula und Helga!"
Aus einem Mund rufen die Schwestern.
„Herzlich willkommen Bernd, im goldenen Westen!"
Auch Sabine hat diese Worte auf den Lippen.
„Bernd ich glaube, du bist nicht viel älter, wie wir", stellt Helga fest. Nachdem diese Frage geklärt ist und alle festgestellt haben, dass Bernd zwei Jahre älter ist, geht das Erinnerungsgespräch weiter. Sabine läuft es plötzlich kalt über den Rücken, sie kennt Bernd Lange, er war drei Klassen über ihr. Auch er ging in die Polytechnische Oberschule, neben dem Theater. Sabine sieht bei dieser Entdeckung verstohlen aus ihrem Büro. Richtig, damals trug Bernd, sehr lange Haare, er war ein Wohngebiets anerkannter Rolling Stones Fan. Sabine kannte seine Klassenkameraden und Freunde, die auf ihrer Straße wohnten. Die großen Jungens kümmerten sich damals

nicht um die kleinen Mädchen der Unterstufe mit langen Zöpfen, so braucht Sabine keine Angst zu haben, dass Bernd Lange sie wieder erkennt. Das Gespräch im Warteraum wird fortgesetzt.
„Sag Bernd, haben wir nicht viel Gemeinsamkeiten? Ich denke dabei als Erstes an das Schulschwimmen im Nordbad."
„Na klar, die Schüler unseres Wohngebietes gingen alle ins Nordbad zum Schwimmunterricht!", wies Ursula ihre Schwester zurecht.
Diese lässt sich nicht beirren und plappert weiter, „kannst du dich noch an das Schlittenfahren auf dem Platz der Pioniere erinnern?"
„Ich war dort weniger, die meisten meiner Klassenkameraden wohnten auf der Flussstraße, deshalb gingen wir an die Flusshänge Schlitten fahren, Fußball spielen und Drachen steigen."
„Aha, auf welche Eisbahn bist du gegangen?", fragt Helga spitzbübisch weiter.
„So fragt man Leute aus. Ich war erst auf den Tennisplätzen im Wald, auf dem Stadtteich, Parksee und später ging ich auf die Kunsteisbahn", erwidert Bernd ausführlich.
„Da waren wir auch, stimmt's Ursula? Kannst du dich noch an die Baroness des Wissenschaftlers erinnern?"
„Die hatte mit uns nichts am Hut!", lacht Bernd.
„Aber an den vielen Schnee im Jahr 1964 kann ich mich noch sehr lebhaft erinnern. Wir hatten schulfrei und mussten die ganze Hauptstrasse von dem 1,50 Meter hohen Schnee beräumen. Die Schule hatte keine Kohlen und der Unterricht fand im ehemaligen Finanzministerium am Narrenhaus statt."
„In welches Kino bist du gegangen?", wollte nun Ursula wissen.

„Natürlich in das Burgkino, da habe ich, die glorreichen Sieben, mit Horst Buchholz, gesehen, wir liefen breitbeinig wie die Cowboys tagelang durch die Straßen und spielten Luftrevolverschießen. Im TB am Albertweg war ich auch oft und natürlich im Zeitkino. Die Oma meines Freundes Alf war dort Platzanweiserin, also kostete uns der Eintritt nichts. Vorher deckten wir uns mit Obst ein, das der Vater meines anderen Freundes Harry vor dem Bahnhof verkaufte", beantwortet Bernd die Frage von Ursula.

Helga rief entzückt, „im TB waren wir auch, ich habe mir fünfmal den, Gejagten, mit Jean Marais, angesehen."

Ursula nickt.

Sabine hält es nicht länger in ihrem Arbeitszimmer aus, sie tritt zu der lustigen Gesellschaft.

„Ich höre, sie stammen alle aus dem Osten?"

„Ja, woher sonst, hört man das nicht?", entgegnen die Angesprochenen.

„Meine Cousine wohnte in der Hauptstrasse, in der fünf", erklärt Sabine beiläufig.

„Oh fein, setzen sie sich bitte zu uns, dann können wir gemeinsam Erinnerungen austauschen", mit diesen Worten schiebt Bernd Sabine einen Stuhl hin.

„Ich hatte einen Freund auf der Südstrasse, die ging von der Hauptstrasse fünf ab. Kennen sie die zwei Brüder? Ich komme jetzt nicht auf den Namen, die hatten noch eine kleine Schwester, die sie Püppi nannten", fragt Bernd aufgeregt.

Und ob Sabine Ralf und Hans kannte, es waren ja ihre engsten Spielkameraden gewesen. Gemeinsam waren sie an den Flusshängen mit den Schlitten unterwegs, badeten im Fluss, hatten in den Gärten neben der weißen Wandwaren unterhalb des Pionierpalastes Äpfel geklaut und mächtig zusammengehalten.

Sabine muss ihre Herkunft verschweigen. Sie kennt diese Leute nicht, auch hier gibt es Stasispitzel, leider.
„Es kann schon sein, dass mir meine Cousine die Kinder vorgestellt hat", antwortet Sabine höflich.
„Wisst ihr noch, wie billig es in der Happeldiele war? Die Pferdefleischbuletten mit Salat kosteten nur 1,20 Mark und erst der gebratene Fisch, am Anfang der Straße, sah nicht nur goldgelb aus, sondern schmeckte auch sehr gut", schwärmt Ursula, die Anderen nicken.
Bernd stutzt, „irgendwie kommen sie mir bekannt vor", dabei schaut er auf ihr Namensschild an der Schwesterntracht.
„Mag schon sein, ich war sehr viel bei meiner Cousine, meist in den Schulferien."
„Dann müssten sie bestimmt den kleinen Wolfi gekannt haben, der wohnte auch auf der Hauptstraße vier."
„Natürlich kannte ich den Wolfi. Wir haben zusammen Federball gespielt", bestätigt Sabine ehrlich.
„Ja, ja, was ist nur aus allen geworden?
In der Dachwohnung der Zirkusstraße, über dem Postarchiv wohnte ein blinder Mann, der spielte grandios Schach. Und im Keller des Stadtarchivs wurden die russischen Soldaten gefoltert, die zu viel getrunken hatten. Daneben befanden sich der Übungsplatz und die russische Kommandantur. Hier waren die Häuser vergammelt, die Eskalierwände zerschunden, die Wachtürme aus Holz wackelten ständig im Wind, umzäumt war alles mit einem riesigen Bretterzaun mit der typisch grünen russischen Farbe. Könnt ihr euch noch erinnern?" Bernd seufzt, „ ja, die Freundschaft mit Russland wurde immer tiefer, das sah man dann sogar an den langsam verkommenen Häusern. Von den Russen lernen, heißt für die DDR`ler siegen lernen, das wurde uns immer eingebläut. Wer gegen die Russen war, der war gegen den Frieden!"

Sabine nickt, auch die anderen zwei Frauen bestätigen Peters Äußerung mit einem Nicken.

„Wir waren immer dort im Russenmagazin, Leber mit Kartoffelbrei und Gurke für 1 Mark und 20 Pfennig essen und geschmeckt hat das", verriet Ursula.

„In der Fleischerei, Ecke Hauptstraße, arbeitete eine Verkäuferin, die sah aus wie Sofia Loren. Wir Jungs haben immer Wurstsuppe gegessen, um sie zu sehen", träumt Bernd.

Sabine kann nicht an sich halten, sie will testen, ob einer der Drei sie erkennt.

„Ich ging sehr gern in die Nachtbar am Wald, ins Volkshaus und den Schlossgarten tanzen", dabei verriet sie nicht, dass sie dort als Sängerin aufgetreten war.

Nun hat sie den richtigen Anstoß gegeben, alle schwärmen durcheinander. Helga ruft begeistert, „ich habe sehr gern Stern Meißen gehört!"

Ulla schwärmt für die Pepitas und Wilfried Petz. Bernd, wie zu erwarten von den Sycopators und den verbotenen Faierstones.

„Ach waren das Zeiten!", stellen alle einstimmig fest. Sabine steht auf.

„Bitte entschuldigen sie, ich muss mich für den Zug nach München vorbereiten, den sie auch benutzen wollen."

Beim Abschied drückt Sabine ihren Landsleuten herzlich die Hand. Sie wünscht ihnen, eine schöne Weiterfahrt und viel Glück für die Zukunft!

An diesem Abend ist die junge Frau besonders erschöpft, viele Reisende und Behinderte musste sie nach dem ungewöhnlichen Kontakt mit ihrer Vergangenheit noch betreuen. In ihrem kleinen Zimmer, im christlichen Hospiz, findet sie endlich Zeit den Tag Revue passieren zu lassen.

Nicht einmal ein Hemd konnte sie, aus der Heimat mitnehmen, nur die Bilder im Gedächtnis hat sie fest gespeichert. Diese Bilder sieht sie, nach dem heutigen Erlebnis, sehr deutlich vor ihren inneren Augen. Sie erinnert sich an die Kindheit, von ihrem Zweiten ich - Helga. Sie sieht den großen Lessihund Rex, den sie immer ausführen durfte. Ihre ersten Schuljahre haben sich tief in ihr Gedächtnis gegraben. Der erste Schultag in der Polytechnischen Oberschule, neben dem Theater, kam ihr ins Bewusstsein. Nachdem sie mit den anderen Schulanfängern den Klassenraum und die Lehrerin besichtigt hatten, ging es ins andere Gebäude. Eine breite Stufe führte in die zweite Etage zum Kulturraum, dort wurde ein Theaterstück aufgeführt. Sehr professionell, denn der Regisseur und Hauptdarsteller, war der Sohn eines Volksschauspielers. Sie mochte ihre erste Lehrerin, die sie immer wieder traf. Diese war sogar bei ihrer Hochzeit mit Peter gewesen und schenkte dem Hochzeitspaar ein Bild mit der berühmten Stadtansicht. Sie konnte sich noch an einige Klassenkameraden erinnern, dabei nahm sie sich das erste gemeinsame Bild auf den Schulhof im Gedächtnis vor. Rechts stand die Lehrerin, sie trug die graumelierten Haare fest nach hinten zu einem Knoten gebunden. Auf der ersten Reihe saßen, grinsend Sonja, Ursula, an die nächsten Mädchen konnte sie sich nicht mehr erinnern. Dahinter standen die Größeren, an Ursula, Ingrid, Regina und Siegfried konnte sie sich noch erinnern. Siegfried war ein rechtes chaotisches Glückskind. Er trug den Ranzen meist vor der Brust, nicht auf den Rücken und gerade das rettete ihm das Leben. Nach dem Unterricht rannten die Jungens, ohne auf den Verkehr zu achten, über die Straße. Siegfried lag eines Tages plötzlich unter einem Lastauto und hatte eine große Wunde neben der Schläfe. Dass es nicht schlimmer kam, hatte er seinem Ranzen zu verdanken, der den Aufprall auf der Brust abfederte. In der letzten Reihe standen die Kleinsten auf einer Bank. Klaus, Rolf schaute schelmisch ins Bild und dann war noch Joachim. Der war immer der Klassenkasper, mit ihm konnten sie's ja machen! Vielleicht war das auch der Grund, warum er sich später das Leben nahm.

Hinten standen noch Jürgen, Michael und weitere drei Jungens, an die sie sich nicht mehr erinnern konnte. Noch zweimal in den zehn Jahren musste sich Sabine mit den Klassenkameraden ablichten lassen. Den Platz von ihrer Lieblingslehrerin nahm beim zweiten Mal der Russischlehrer ein und auf dem letzten Bild war es der Chemielehrer, dessen Namen sie vergessen hatte oder besser vergessen wollte. Er lehnte es ab, sie auf eine Landheimfahrt mitzunehmen, weil ihre Eltern das Geld dafür nicht aufbringen konnten. In dieser Zeit war ihr Vater länger krank und sein Geschäft ging schlecht. Der Lehrer sollte nur ein Formular für das Schulamt unterschreiben. Stattdessen bestellte er die Eltern in die Schule und erklärte süffisant, „ich kann meiner Frau nicht so einen teuren Pelzmantel kaufen, wie ihn ihre Tochter trägt. Verkaufen sie den Mantel, dann haben sie genug Geld!" Traurig waren die Eltern am Abend heimgekommen und hatten erklärt, „du musst die drei Tage in eine andere Klasse gehen!"
„Warum?", wollten die Familienmitglieder wissen.
„Dein Fellmantel ist für den Lehrer ein Dorn im Auge!" Da lachte Konrad. „Der hat sie doch nicht alle! Den hat meine liebe Schwester, aus zweiter Hand, natürlich aus dem Westen, von Caritas geschickt bekommen, was soll der Geiz? Es ist nur ein Wollmantel mit Pelzimitat. Mama hast du dem Lehrer nicht gesagt, wenn deine Tochter den Mantel ablegt, denken wir an seine Frau?" Alle lachten. Sogar für die erste heilige Kommunion bekam sie das weiße Kleid und die Kerze mit Unterstützung des Pfarrers aus dem Westen. Auch der Stoff für ihr Firmkleid wurde über Caritas gespendet. Sie spürt plötzlich ganz deutlich den Backenstreich, den ihr der Bischof des Bistums Meißen in der Garnisonskirche verpasste. Dafür war sie nicht zur Jugendweihe gegangen. Sie saß als Gast ihrer Mitschüler im Theater, auf dem Balkon und verfolgte, wie die Klassenkameraden das Buch „Weltall, Erde, Mensch" überreicht bekamen und ihren Eid für die DDR ablegten. Das war wohl auch der wirkliche Grund, warum der letzte Klassenlehrer ihr seine Unterstützung verweigert hatte!

Traurig ist Sabine, weil sie ihre Eltern und ihren Bruder Konrad wohl nie wieder sehen wird. Sie darf kein Lebenszeichen senden. Zurück in die DDR will sie um keinen Preis. Sabine arbeitet in dem folgenden Jahr sehr viel und anstrengend, dafür verdient sie gutes Geld. Sie kleidet sich zweckmäßig jedoch elegant, besucht das Theater und das Kino, sie geht selten aus, dafür legt sie sich eine kleine Sparsumme zurück. Kontakt hat Sabine schnell zur katholischen Gemeinde gefunden, sie darf sogar im Kirchenchor als Solistin singen. Bei ihrem Ave Maria schaut der Pfarrer immer ergriffen zu ihr hinauf auf die Empore. Zu den Familienkreisen hat sie keinen Zugang, alle sind sehr freundlich jedoch reserviert. Sabine will nicht in Konflikt zu ihrer wahren Vergangenheit kommen, sie ist in ihrem neuen Leben glücklich, aber einsam. Die schweigsame junge Frau ist bei allen sehr beliebt. Schon nach zwei Jahren erhält Sabine im ehemaligen Durchgangslager für Sowjetzonenflüchtlinge Berlin-Marienfelde, das nun einem sozialen Hilfswerk angegliedert ist, eine Anstellung. Sabine sitzt kerzengerade vor Aufregung am Fenster des Zugabteils nach Westberlin. Sie hätte von München aus nach Berlin Tegel fliegen können. Wenn es auch schwer fällt, Sabine will noch einmal durch das Territorium der DDR fahren. An der Grenze zur DDR werden ihre Papiere kontrolliert. Sie hat inzwischen einen westdeutschen Reisepass, ausgestellt auf Sabine Freitag geboren in Warschau. Dann werden die Abteiltüren verschlossen. Sabine blickt unruhig auf ihre weißen Hände, sie trägt keinen Ring, die Abdrücke ihres Eherings sind nicht mehr sichtbar. Der Schaffner unterbricht sie in ihren Erinnerungen. Sie sucht die Fahrkarte in ihrer kleinen Reisetasche. Der Mann bedankt sich, nachdem er die Fahrkarte geprüft hat, und wünscht einen guten Aufenthalt in Berlin. Sie dankt ihm höflich.

Der Zug rast an Landschaften vorbei, die Sabine glaubt zu kennen. Alles ist trostlos grau, die ostdeutschen Bahnhöfe sind verschmutzt, selbst die Menschen schauen grimmig dem Zug nach. In Ostberlin sieht sie ein Banner über die erfolgreiche Planerfüllung. Plötzlich fahren auf den breiten sauberen Straßen kein Trabant und Wartburg mehr, sondern schmucke Limousinen. Sabine ist in Westberlin, Bahnhof am Zoo, angekommen.

Die nächste Station ihres narbenreichen Lebens. Der Zustand einiger Ostflüchtlinge löst in Sabine, die diesem Schicksal vor Jahren auch entronnen ist, tiefe Gefühle aus. Mit übermenschlicher Energie arbeitet sie für ihre ehemaligen Landsleute und das Gemeinwohl. Die Leitung der Einrichtung erfährt von Sabines Wunsch, ihr Musikstudium wieder aufzunehmen. Sie hören auch, dass Sabine sich nach ihrer aufopferungsvollen Arbeit, dafür das Geld nebenbei verdienen muss.
Der Vorsitzende des sozialen Hilfswerkes schreibt dem Direktor der Musikschule unter anderem;
„Frau Sabine Freitag hat mit ihrem außergewöhnlichen Einsatz für Flüchtlinge und Notleidende und ihrer starken Überzeugungskraft, Menschen bewegt und ein Zeichen gesetzt für größere Hilfsbereitschaft und humanitäres Engagement im Geiste christliche Nächstenliebe. Bitte unterstützen sie, sehr geehrte Herren des Auditoriums, aus diesem Grund die junge Sängerin, mit einem Stipendium für ihr weiterführendes Musikstudium!"

Wenig später erhält Sabine, für sie völlig unerwartet, ein Musikstipendium. In der DDR, für eine bekennende Christin, völlig undenkbar.

Manipulation durch Musik

Sabine liebt Musik, schließlich hatte sie an einer Musikhochschule studiert, bis die Schulleitung von ihr verlangte in die FDJ und SED einzutreten.
Nachdem sie nach mehreren Aussprachen immer noch nicht bereit war, wurde ihr Stipendium gekürzt. Ihre Eltern konnten sie nicht mehr unterstützen, deshalb brach sie das Studium ab und ging ans Fließband des Werkes arbeiten und sang nur am Wochenende in der Band ihres Bruders. Durch ihn machte sie sehr früh Bekanntschaft mit dem Musikerleben und hat deshalb keine Berührungsängste, diese Fähigkeiten für sich einzusetzen.
Neben ihrer Arbeit im Hilfswerk studiert Sabine an einer privaten Musikschule Rock- und Popmusik. Das Geld dafür verdient sie sich als Sängerin in einem Nachtlokal. Ihre außergewöhnliche Stimme fällt eines Tages auf. Sie erhält das erste Angebot von einem englischen Produzenten als Background Sängerin in London zu arbeiten.
Sabine lebt zwei Jahre in England in einer Internationalen WG. Ihr Leben ist extrovertiert, das Essen besteht aus Rohkost, sie verachtet Alkohol und Nikotin, selbst ihr Make-up bereitet sie aus reinem Pflanzenöl.
Während eines Urlaubes in Frankreich nimmt Sabine an einem Gesangswettbewerb teil und gewinnt prompt. Der Vertrag mit einer großen französischen Plattenfirma ist nur noch eine Frage der Zeit.
Schon ein halbes Jahr später steht Sabine in Paris im Studio, um ihre erste Single einzuspielen. Der Song kommt bei dem Pariser Publikum an und wird schließlich in der französischen Hitparade auf Platz drei notiert.

Sabine hat Sehnsucht nach Deutschland.

Sie kehrt zurück und erhält an einem norddeutschen Verlag eine Anstellung als Musikkritikerin. Für andere Zeitungen schreibt sie Kolumnen und liefert immer mehr gute Artikel ab.
Nach einem Jahr erhält sie eine eigene Artikelreihe. Sabine soll mit zwei weiteren Kollegen über die Entwicklung der Rock und Pop Musik der 50er bis 70er Jahre berichten.
Dabei nimmt sie den Chefkritiker des DDR-Fernsehens, Karl Eduard von Schnitzler, genau unter die Lupe. Sudelede, der den Westen mit seinen Vorträgen über die „Manipulation durch Musik oder Ablenkung der Jugend von der Alltagspolitik", matisch macht.
Die Ablenkung von der DDR-Politik hat Sabine leibhaftig kennen gelernt! Sie fühlt etwas Animalisches, Starkes, nun endlich kann sie mit Vertretern des Unrechtsregimes abrechnen.
Wie war es denn wirklich?
Sabine und Peter mussten, von den Schwiegereltern verordnet, den schwarzen Kanal sehen, während die Schwiegermutter in Berlin heimlich Sendung mit Löwenthal sah. Sabine hatte es selbst entdeckt, als sie unerwartet das Herrenzimmer der Schwiegereltern betrat, leise konnte sie das Zimmer unbemerkt wieder verlassen. Die sprachen alle nur mit gespaltener Zunge. Peter war so bescheuert und glaubte an diese Seelenberieselung. Aber auch erst, als er Spitzensportler und Brigadier war.

Sabine nimmt sich die aufgezeichneten Sendungen des Schwarzen Kanals vor und stellt fest:
„Karl Eduard von Schnitzler pries Vorzüge des Sozialismus. Seine rhetorisch, gut ausgeführte Agitation, sollte seine Zuhörer verunsichern.

Die Anhänger des Roten Barons und die unbedarften, ostdeutschen Zuhörer hatten wenig Möglichkeit über den Begriff „Freiheit" nachzudenken.
Sie waren überfordert, dem ununterbrochenen Austausch von Unfreundlichkeiten, über den Äther zwischen Ost und West zu beurteilen und sich eine eigene Meinung zu bilden.
Über den Sender RIAS und andere Westrundfunkstationen, natürlich stark gestört, hörten DDR-Bürger die gesamte Sendung, die vom Schwarzen Kanal nur im Detail wiedergegeben wurde. Diese Sender prangerten die Kundenmissachtung durch Bückware unterm Ladentisch, Vetternwirtschaft der Regierenden und weitere Schikanen der DDR-Bevölkerung in ihren Sendungen an."

Die Frau denkt an die Weltwunder der DDR, wie waren die doch gleich;

„In der DDR gab es keine Arbeitslosen, trotz Arbeits- und Materialmangel. Schon Ulbricht wollte die BRD wirtschaftlich, überholen, ohne einzuholen. Die Volkswirtschaftspläne wurden mit 200% erfüllt, dennoch gab es zu wenig Waren und die Bürger waren deshalb ständig unzufrieden, trotzdem wählten sie die Regierung und ihre Ableger zu 99,98 %!"

Sie weiß aus eigenen Erlebnissen, genau dieser Rote Baron fährt einen Westwagen, tankt mit Westgeld, aber verherrlicht den Sozialismus.
Er agitierte in einer Reportage, die er als Gastdozent in den Unis anbot, dass die Jugend im Westen durch die Regierenden mit Musik eingelullt wird!
Sabine saß damals in Weimar in einer, dieser Vorlesungen. Hier lernte sie einen Begleiter des roten Barons kennen, der sich für einen Musiktitel der Band ihres Bruders interessierte. Sie hatte ihm die Noten und den Text mitgegeben, weil er versprach, diesen Musiktitel einem Verleger vorzulegen.

Wenig später hörte Helga diesen Titel von einem westdeutschen Sänger im Radio. Sie war daraufhin über ein Schließfach mit dem Musikverlag in Verbindung getreten, eine Antwort hat sie nie erhalten.

Sabine spricht sich deshalb mit dem Chefredakteur René aus. Sie weiß, dass der freundliche Franzose sie verehrt und ihr helfen würde.
„René, ich bin zu negativ gegen Schnitzler eingestellt, sollte nicht ein Anderer diesen Artikel schreiben?"
„Sabine, sie brauchen keine Bedenken zu haben, ihre Artikel waren bisher brillant. Da sie aus Polen stammen, sind sie objektiv und gerade deshalb habe ich ihnen den Artikel übertragen!"
„Was weiß der schon, ich möchte so gern gerade ihm die Wahrheit über meine Herkunft sagen, doch dann schade ich womöglich meiner Familie", denkt Sabine.
Sie setzt sich wieder an ihre Schreibmaschine und grübelt über den Artikel nach. Wo war ich stehen geblieben?
Ach ja, Schnitzler sagte,
„die Regierenden im Westen lullen die Jungendlichen mit Musik ein!"
Spinner, er sagt,
„nur die DDR spricht die reellen Probleme an und das speziell durch den Oktoberclub und andere genehmigte Singeclubs der FDJ? Die Freie Deutsche Jugend ist die Kaderschmiede der Einheitspartei. Wer lullt nun wirklich seine Jugend ein?"

Sabine untersucht nunmehr die familiären Wurzeln der Musiker aus den westlichen Ländern.
Warum machen diese jungen Leute Musik?
Welche Probleme hatten sie dabei und aus welchem sozialen Umfeld kamen die einzelnen Bandmitglieder, der in der DDR und vom Roten Baron verpönten Musik?

Walter Ulbricht kritisierte:

*„mit der Monotonie, des ewige jäh, jäh, jäh, jäh
oder wie das alles heißt,
sollte man doch Schluss machen!"*

„Die kritische DDR-Jugend liebt - was einerseits verboten, aber für ihre Ohren gut ist! Nun muss ich mich mit den Anderen absprechen, sonst betreibe ich zu viel Selbstjustiz. Wann begann welche Musik – Ära", denkt Sabine und ruft Frank und Eddie, die mit ihr in der Redaktion arbeiten an.„Habt ihr Zeit, dass wir uns zu der Artikelserie abstimmen können!"
„Nur wenn wir das in unserer Stammkneipe möglich ist", entgegnet Eddie für Frank mit.
„Einverstanden, ich hole meinen Mantel!", schreit Sabine freudig in den Hörer.
René schließt sich dem fröhlichen Trio an. Die Künstlerklause ist gemütlich, in der Ecke findet das Quartett einen freien Tisch. Sie trinken ein Frischgebrautes und plaudern unbelastet, bis Sabine bittet, erst einmal die Verantwortlichkeiten abzustecken, damit sie am nächsten Tag weiter schreiben kann.
„Sind alle Polinnen so konsequent? Dass sie hübsch sind, wissen wir, dazu brauchen wir dich nur ansehen", lästert Frank. Sabine wird rot, sie schämt sich und schaut schüchtern zu René, dieser schmunzelt.
„Ich übernehme die Presley-Ära, die mit den Beatles zu Ende ging", beginnt Frank.
„Was erzählst du für einen Quatsch. Elvis Presley wird immer ein Idol für uns und für spätere Generationen sein, auch die anderen Musiker dieser Zeit werden immer wieder gespielt. Es war nicht nur der Rock'n Roll, sondern auch die schöne melodische Schmusemusik, die uns ins Ohr ging", wirft Eddie ein.

„Kennt ihr noch Mary Lou von Ricky Nelson?", fragt in diesem Moment René und schaut dabei Sabine an.
Wieder wird Sabine rot, gerade René spricht aus, was sie denkt. Ihr kommt die erste Begegnung mit Peter und den ersten Tanz, als er ihr das Lied ins Ohr trällerte, in den Sinn.
„Wenn ich diese alten Schlager höre, denke ich an meine Jugendzeit, meine erste Liebe und unsere Clique", träumt Eddie laut.
Die Männer nicken.
„Und wie ist es bei dir Sabine, konntet ihr in Polen diese Lieder hören?"
Sabine schnürt es den Hals zu, sie nickt. Da entdeckt René in der Ecke eine alte Musikbox. Er bittet Sabine in der engen Kneipe, um einen Tanz. Die Platte setzt sich in Gang.
„Hello Mary Lou, goodbaye heardt!", singt René Sabine zärtlich ins Ohr.
Eddie und Frank haben sich an die Musikbox gestellt und weitere Titel aus dieser Zeit angewählt:
Fats Domino, „I'm Walkin"
Pat Boone, „Speedy Gonzales",
Cliff Richard, „Lucky Lips"
„Die Presley-Ära ist an Frank vergeben. Wer bietet mehr?", lacht René.
Nun muss Sabine ihre Zeit abstecken.
Sie tritt an die Musikbox. „Ich übernehme die Beat- Ära, die 1963 begann." Sie sucht nach Titeln die diese Zeit prägte. Beatles, „I Want To Hold Your Hand",
Tony Sheidan, „Skinny Minnie",
Manfred Mann, „Do Wah Diddy" und die
The Bee Gees mit „Massachusetts."
Die drei Herren bitten Sabine hintereinander zum Tanz, sie lacht und tanzt mit ihren Kollegen.
Zu dem Titel der Smoke's, „My friend Jack",

Scott Mc Kenzie, „San Francisco"und
The Kinks, „Dandy" singen alle mit. Nun stellt Eddie fest, „die Beat-Ära ist schleichend zu Ende gegangen. Auf jeden Fall mit der Aufführung des Musical „Hair" am 24. April 1967, begann die Ära der Flower-Power-Generation."
„Hair war der musikalische Protest der jungen Generation gegen die verkrustete Gesellschaft", meldet sich Frank. Er ist der Jüngste des Quartetts und genau dies war seine Jugendzeit. Natürlich lässt er es sich nicht nehmen seine Lieblingstitel auf der Musikbox zu suchen;
The Kinks, „Lola",
Miguel Rios, „Song of Joy",
Mungo Jerry, „In the summertime",
Middle of the Road, „Chirpy Chirpy Cheep Cheep."
„Anschaulicher konnten wir die Reportagen gar nicht abstecken, ich erwarte morgen eure Reportagen 16.00 Uhr auf meinem Schreibtisch", legt René fest.
Sabine sitzt am nächsten Morgen an ihrem Schreibtisch und rächt sich für alle Unannehmlichkeiten in der DDR weiter am Roten Baron. Dazu nimmt sie sich die Lebensläufe der Beatles vor. Die sympathischen Pilzköpfe stammten aus Liverpool. Bis 1960 waren sie eine unbekannte Rock'n Roll Band. Das Erfolgsrezept der sympathischen Jungen aus dem Arbeitermilieu war recht simpel. Sie spielten einfache und eingängliche Melodien, die alle Zuhörer mitrissen. Damit waren sie auf der Wellenlänge der Teenagergeneration. Sehr schnell entwickelte sich die mehrstimmige Gesangsformation mit den manchmal aufmüpfigen Texten, zu den bekanntesten Symbolfiguren der 60'er Jahre. Sie spielten aus eigenen Impulsen vor dem jugendlichen Publikum!

Nicht wie der Oktoberclub - der von den DDR Mächtigen gesteuert wurde – lieber Sudelede!"

Ungelöste Kriminalfälle

Ihren Artikel über gibt Sabine pünktlich René.
Er äußert sich nicht, sondern überträgt ihr als Anerkennung eine weitere Artikelserie über ungelöste und atemberaubende Kriminalfälle der 60'er in Deutschland.
Wieder sitzen die drei Kollegen in der Redaktion, um die Aufgaben abzustecken. Sabine will Kriminalfälle aufgreifen, wo insbesondere die Justiz Frauen, die ihre Unschuld beteuerten und trotzdem verurteilt wurden oder Fälle, die ungelöst zu den Akten gelegt wurden. Dabei verfolgt sie den Gedanken auch ihre Story mit einzuflechten. Vielleicht gibt es einen Leser, der zur Klärung des Falles beitragen kann. Zumindest wird sie die Öffentlichkeit auf die Geschehnisse, in der angeblich unkriminellen DDR aufmerksam machen.
Sabine beginnt ihre Reportage mit dem klassischen Brühne Prozess.

Im Jahr 1962 wurde im spektakulärsten Prozess der 60'er das Urteil „Lebenslänglich" gegen Vera Brühne gefällt. Sie war die ehemalige Geliebte des ermordeten Arztes Otto Braun. Der Arzt hatte sie in seinem Testament mit bedacht. Nach der Trennung von ihm lebte Frau Brühne mit Johann Ferbach zusammen. Der Umstand, dass sie im Testament bedacht wurde, führte zu wilden Spekulationen über das angeblich süße Leben der Vera Brühne, nachdem der Arzt Otto Braun und seine Haushälterin ermordet wurden. Sofort fiel der Verdacht auf seine ehemalige Geliebte und ihren Lebenskameraden. Obwohl Vera Brühne bei der Urteilsverkündung zusammensinkt und mit Tränen erstickender Stimme ruft: „Ich bin unschuldig!"
Werden ihr die Ehrenbürgerrechte aberkannt und sie erhält eine lebenslängliche Haftstrafe, erst nach 17 Jahren wird sie begnadigt. Ihr Lebenskamerad Ferbach starb nach sieben Jahren Haft im Gefängnis.

Dem Fall schließt sich eine Reportage zu den Kriminalisten im weißen Kittel an. Die einen Einblick in die Arbeit des kriminaltechnischen Instituts der Volkspolizei der DDR aufzeigt.

Sabines Einführung beschäftigt sich mit der beliebtesten Lektüre aller richtigen Jungen, zwischen sieben und siebzig Jahren, mit den Kriminalromanen.
Dann schreibt sie ketzerisch für den Osten.
„Warum sollen sich die Bürger der DDR nicht über die DDR informieren dürfen. Leider informieren die meisten Berichte den Leser nicht richtig, alle Informationen werden nur zensiert veröffentlicht.
Die Vorstellung der Leser zu einem Kriminalisten ist mehr oder minder – der Mann mit dem karierten Anzug und der Shagpfeife, der allein, dank seiner überragenden Kombinationsgabe den jeweiligen Verbrecher aufspürt.
In Wirklichkeit sieht die Ermittlung auch in der DDR etwas anders aus. Die Arbeit der Kriminalisten ist meist weitaus nüchterner und unromantischer, als sie die Kriminalromane und -filme schildern. Sie besteht in der Hauptsache in präziser und mühevoller Kleinarbeit, die sich oft über Wochen, ja Monate hinziehen kann, durchaus nicht sensationell ist und im Zusammentragen einer Unzahl von unscheinbaren Kleinigkeiten besteht, die zusammengesetzt ein Mosaik von Beweisen ergeben, die den Täter dann erst enttarnen.
Ein guter Teil dieser Ermittlungen wird fernab vom eigentlichen Tatort im Labor von wissenschaftlich geschulten Kriminaltechnikern geleistet und diese tragen meist weiße Kittel. Nicht wie Sherlock Holms karierte Anzüge.
Eine klassische Spur sind die Fingerabdrücke. Weil die Fingerspuren aller Menschen verschieden sind, kann der Täter dabei ermittelt werden. Das ist nur eine der vielen wissenschaftlichen Methoden, die die Kriminalpolizei zur Aufklärung von Verbrechen zur Verfügung hat.

Eine andere besteht in der Anwendung der Chemie für die Kriminalistik. Vergiftungen, Sabotagefälle in der Industrie oder Alkohol- und Lebensmittelverfälschungen können mit Chemikalien nachgewiesen werden. Tintenanalysen und chemische Untersuchungen von Brandrückständen sowie das Sichtbarmachen von so genannten Geheimschriften fallen ebenfalls in den Aufgabenbereich der Kriminaltechnik.

Dazu gab es einen Kriminalfall, der sogar veröffentlicht wurde, in einem Thüringer Krankenhaus verstarben nach einer Magenoperation, kurz nacheinander drei Patienten. Alle drei Verstorbenen wurden von ein und derselben Ärztin operiert, deshalb vermuteten die Kriminalisten einen Operationsfehler. Doch auch durch die angeordnete Sektion der Leichen konnte ein solcher Fehler nicht ermittelt werden. Dennoch glaubten die Hinterbliebenen an die Schuld der Ärztin, ein Test fiel zuungunsten der Ärztin aus. Erst die chemische Untersuchung brachte die Klärung. Der Tod aller Verstorbenen war durch eine Arsen-Vergiftung verursacht wurden. Dadurch konnten die Kriminalisten einen Krankenpfleger der Tat überführen, der aus Hass und Eifersucht, gegenüber der behandelnden Ärztin, deren Patienten vergiftet hatte. Aber die Möglichkeit der Ermittlung von Tätern ist noch nicht am Ende.

Ein Kriminalfall belustigte die Ermittler. Sie hatten auf dem Umschlag eines Erpresserbriefes, genau am Klebestreifen eine männliche Spur und dann entdeckten sie noch eine weibliche Spur. Als der Erpresser dingfest gemacht worden war, kam heraus, dass er sein Opfer mit Hilfe von dessen Frau erpresste. Beide waren sich so sicher, dass die Erpressung erfolgreich sein würde, dass sie sich vor dem Zukleben des Erpresserbriefes geküsst hatten. Der Fall wäre nie zur Klärung gekommen, hätten die beiden den Brief mit einem Wasser getränkten Schwamm zum Kleben gebracht."

Ein treuer Helfer der Ermittler ist nach wie vor der Hund, stellt Sabine vor Überleitung zu ihrem eigentlichen Anliegen ihrer Artikelserie fest.

„Hunde gibt es bei der Volkspolizei eine ganze Reihe. Einige davon haben sich einen schon legendären Ruhm erkämpft. Natürlich sind diese Hunde besonders ausgewählt, geeignet und geschult. Der Einsatz von Hunden ist nur in begrenzten Umfang möglich. Auf asphaltierten Straßen und in Wohnhäusern wird ein Fährtenhund sehr wenig eingesetzt. Der Fährtenhund riecht nämlich nicht, wie man fälschlicherweise meist annimmt, sondern nimmt Veränderungen im Erdbereich wahr, die durch den Fährtenverursacher zurückgelassen werden. Diese allerdings auch dann, wenn sie optisch nicht oder nicht mehr zu bemerken sind. Solche Veränderungen sind vor allem in Sand- und Grasböden aufzuspüren. Damit ergeben sich die Grenzen des Einsatzes von Fährtenhunden. Wenn dennoch verblüffende Erfolge der Fährtenhunde zu verzeichnen sind, dann ist dies der guten Ausbildung und Tierhaltung zu verdanken."

Mit dieser gesamten Berichterstattung hat Sabine einen Übergang, um über das Kidnapping im Osten zu berichten. Sie beginnt ihr Schicksal niederzuschreiben.

„Das Kidnapping an einem Baby hielt eine ostdeutsche Stadt in Atem. Ein vier Monate alter Säugling wurde vor einem Magnet Kaufhaus aus dem Kinderwagen gestohlen.

Eine Großfandung führte zu keinem Ergebnis, deshalb wurde die Akte geschlossen. Die Polizei ging davon aus, dass die Entführung von der eigenen Mutter inszeniert wurde. Die unglückliche Mutter wurde in eine Anstalt eingeliefert und später unter Mordverdacht ins Gefängnis überstellt. Es gab weder ein Urteil gegen die Mutter, noch eine Stellungnahme der Behörden zu dem Fall.

Der Fall bleibt ungelöst, da sich das Kind nicht mehr einfand. Um derartige Vorkommnisse zu unterbinden, wurden in allen ostdeutschen Warenhäusern Babystationen eingeführt."

Mit „XY ungelöst" beendet sie ihre Berichterstattung. Bei der Verbrecherjagd gibt es neue Erkenntnisse.

„Der TV–Moderator bittet die Zuschauer in einer Abendsendung, für die Steigerung der Aufklärungsrate, der Polizei bei der Verbrechensbekämpfung beizustehen. Der jeweils ungeklärte Fall wird anhand eines Dokumentarfilms geschildert. Im Studio sind Telefone geschaltet. Nach Ausstrahlung der ersten Sendungen steigt schon bald die Aufklärungsrate der westdeutschen Polizei."

Mit Herzklopfen übergibt Sabine dem Chefredakteur René ihren Artikel. In diesem Moment schrillt das Telefon. René greift zum Hörer, „ja sie ist hier."
Er übergibt Sabine den Hörer.
„Claire, ich gehe in mein Zimmer."
„René entschuldigen sie, Claire ist die Tochter meines ehemaligen Managers, wenn sie mich in Deutschland anruft, muss es schon etwas Wichtiges sein."
René nickt verständnisvoll, nimmt Sabines Artikel und legt ihn auf den Aktenstapel, er muss zur Redaktionssitzung.
„Kommen sie bitte gleich nach dem Telefonat in den Beratungsraum!", ruft er Sabine nach.
Zwei Tage später stürmen Frank und Eddie in Sabines Büro. Der hübsche blauäugige Adonis, Eddie lümmelt sich auf ihren Schreibtisch.
„Biene, wir wollen dich zu einem Kneipenbummel abholen."
„Was verschafft mir die Ehre, warum seit ihr so ausgelassen?", dabei schaut sie Frank und Eddie an.

Frank antwortet lachend, „unsere Kriminalartikel sind in Sack und Tüten."
Dabei greift er schon nach Sabines Mantel.
„Oha, ich habe gar keine Korrekturfahne erhalten!", stellt Sabine erstaunt fest.
„Nee, wir haben dir unter die Arme gegriffen, du hattest unerwartet gestern einen Tag freigenommen und die Artikel mussten raus."
„Das verstehe ich nicht", Sabine stutzt.
„René fragte uns nach dem Fall in einem Magnet Kaufhaus der DDR. Wir haben bei DPA recherchiert, dazu gab es nirgendwo einen Hinweis, so hat René diesen Beitrag gestrichen", erklärt Eddie.
„Was hat René?"
„Gestrichen!", wiederholt Eddie.
„Wir sind bei Rückfragen nicht aussagefähig. René will mit dir darüber noch einmal sprechen, vor allem will er von dir wissen, woher du diese Informationen aus dem Osten hast."
„Ja, ja", Sabine schießen Tränen in die Augen. Sie wendet sich von den zwei lebenslustigen Kollegen ab.
„Bitte entschuldigt, mir geht es nicht gut, ich muss nach Hause."
Mit einem, „Schade!", verlassen die Männer Sabines Büro. Schon auf dem Gang hört sie die Zwei wieder lachen. Sabine setzt sich an ihren Schreibtisch, auch hier glaubt keiner an ihr Schicksal. Auf keinen Fall darf sie René ins Vertrauen ziehen. Sabine fasst den Entschluss wieder nach London zu gehen. Claire gab ihr vorgestern den Hinweis, dass die „The Singers" noch eine Sängerin suchen. Sabine denkt an René, „nein René entschied über ihren Kopf – nur weg!"
Sie schreibt ihre Kündigung, räumt den Schreibtisch aus, übergibt Renés Sekretärin alle Unterlagen und verlässt die Redaktion fluchtartig.

The Singers

Sabine sitzt im Zug nach London. Diesmal freut sie sich auf das Wiedersehen mit Claire. Zwei Jahre haben sich die Freundinnen nicht mehr gesehen.
Als die ersten Häuser von London auftauchen, kann sie die Ankunft kaum noch erwarten. Sabine öffnet das Fenster und lehnt sich hinaus, um nichts zu versäumen. Dabei befällt sie eine Unruhe, wie sie es schon lange nicht verspürte. London war ihr viele Jahre eine Wahlheimat gewesen. Am Bahnsteig hält sie Ausschau nach Claire. Da sieht sie die Gesuchte und ihren Vater, der wie eine Statue die wartende Menge überragt. Wenige Sekunden später steht sie vor dem berühmten Manager, der mit seiner markanten Stirnfalte und den dunklen Haaren unverkennbar ist. Claire drückt überschwänglich Sabine, dann schüttelt auch ihr Vater Sabine herzlich die Hand.
„Okay Miss Freitag, dass sie sofort gekommen sind", dabei schaut er dankbar seine Tochter an, die seiner Meinung nach, eine große Überzeugungsarbeit geleistet hat.
„Kommt wir fahren zuerst, zur Vertragsgestaltung ins Studio", fordert der Vater die lustig schwatzenden Damen auf, ihm zu folgen.
Die Londoner Straßen sind wie immer verstopft, nur langsam fahren sie durch den dichten Verkehr.
„Dad, Sabine wohnt vorerst in mein Penthouse, bis sie ein gemütliches Appartement findet."
„Okay, das habe ich mir auch so gedacht, ihr habt euch nach der langen Zeit sehr viel zu erzählen,."
Als die Freundinnen am Abend gemütlich am Kamin sitzen, bittet Sabine Claire ihr etwas von The Singers und ihrem Chorleiter Jo zu berichten.
„Gern erzähle ich dir etwas über ihn.

Er ist selbstverständlich Brite. Jo ist ein vielseitiger Musiker, er landete mit seiner ersten Single auf Anhieb einen Hit. 1970 trommelte er einige begabte Sänger aus allen Herren Ländern zusammen und nannte das Ensemble, The Singers. Eine Sängerin erhielt ein Kind. Du liebe Sabine bist ihr ähnlich, deshalb hat Jo Dad beauftragt, dich unter Vertrag zu nehmen."
Sabine unterschreibt den Vertrag.
Gemeinsam mit dem Ensemble tritt sie auf und singt Titel, die sofort auf Platz zwei der Hitliste landen. Es folgten zahlreiche Fernsehauftritte und Tourneen durch Badeorte an der englischen Küste. Bereits Ende der 70'er wird es um ihr Ensemble etwas still, danach erschienen wiederaufbereitete Versionen der alten Hits. Daraufhin verabschieden sich weitere Mitglieder vom Ensemble und beginnen eine Solo Kariere. Die anderen Mitglieder werden in alle Winde verstreut.

Sabine bleibt in London. Sie lebt wieder in einer WG mit zwei Mädchen in einem kleinen Stadtteil, im Norden von London und arbeitet als Sekretärin in einer Künstleragentur. Heute fühlt sich Sabine besonders melancholisch und schaut versonnen aus dem Bürofenster. Der Regen prasselt auf die Dächer der kleinen Läden gegenüber und fließt in Strömen den Rinnstein entlang. Da klingelt unerwartet das Telefon. Claires Vater ist am anderen Ende der Leitung, Sabine stellt den Lautsprecher laut.
„Ich bereite eine Tournee vor, dazu brauche ich eine Sängerin und Pantomime, trauen sie sich das zu?"
Besser als hier Trübsal zu blasen, denkt Sabine und ruft laut, „ja gern, Mister!"
„Gut, übermorgen geht es los, machen sie sich reisefertig, luftige Kleidung und Badesachen. Ich sende ihnen alle Informationen zu, bay!"

Sabine erhält eine Stunde später von einem Boten ihren Vertrag.
"Was, es geht an die französische Riviera, einen ganzen Monat lang. Bitte danken sie ihrem Chef in meinem Namen!"
Danach wedelt sie den schüchternen jungen Mitarbeiter der Künstler Agentur durch den Raum. Völlig benommen steigt dieser wenige Minuten die Stufen vor dem Haus hinunter, "das ist ne tolle Lady. Wer die einmal bekommt, hat das größte Los gezogen!"
Eine Stunde später treffen sich Sabine und Claire in ihrem Stamm Pub auf der High Street. Obwohl der Pub verqualmt ist, hat Sabine Heißhunger und bestellt sich ein Schinkensandwich. Claire sieht es der Freundin an, dass sie etwas auf dem Herzen hat.
"Claire, ich kann an deinem Dinner übermorgen nicht teilnehmen!"
"Warum nicht?"
"Ich fliege schon Morgen an die Cote d' Azur, zu einem Gastspiel!"
"Schade!"
Claire spielt die enttäuschte, aber ihr Mund zuckt verräterisch.
Sabine stutzt, "du weißt es schon?"
Nun lacht Claire und Sabine stimmt mit ein, "also wieder eine Intrige mit deinem Vater. Danke Claire, du hilfst mir nun schon wieder aus der Patsche. Weißt du noch, wie du mich vor zehn Jahren aus Deutschland geholt hast?"
Dafür umarmt sie die Freundin.

Als Sabine im Flugzeug sitzt, die englische Küste kaum noch zu erkennen ist und die Künstlerkollegen um sie herum lustig schwatzen, fühlt sie sich beschwingt, wie schon lange nicht mehr. Vielleicht war es die Flucht vor dem nasskalten Wetter in London, oder lag es an dem

Gefühl, wieder eine neue Herausforderung angenommen zu haben, wenn es auch nur für einen Monat ist. Sie träumt davon, endlich ihren Wundermann zu begegnen, bei dessen Anblick ihr die Knie weich werden. Die Jugendliebe Peter hatte ihr das erste Mal so ein Gefühl vermittelt, dass sich der graue DDR-Alltag in ein rosarotes Paradies verwandelte. Ein bisschen auf dem Flug zu träumen schadet nichts, denkt Sabine. Sie schließt die Augen und lässt sich in ihrer Phantasie von einem großen Fremden, mit französischem Akzent verwöhnen. Wenn Sabine an Franzosen denkt, so sieht sie vor ihren inneren Augen René, der sie wie Peter mit Mary Lou verglichen hat.

Das Erste, was Sabine beim Verlassen des Flugzeuges spürt, ist die milde mediterrane Luft. Die Sonne scheint warm in ihr Herz. Sie schreitet mit einem Lächeln die Gangway hinunter, ohne zu bemerken, dass ein Mann sie fasziniert bewundert, der mit einer Kamera auf die Ankunft der Theatergruppe gewartet hat. Auf die Künstler wartet in der Ankunftshalle der französische Impressario, alle werden in einen Bus verfrachtet. Der Bus fährt die Küstenstraße entlang, Sabine schaut aus dem Fenster. Sie genießt den Blick auf die Landschaft mit den kleinen Buchten am Meer, die durch Felsvorsprünge getrennt werden, auf Fischerboote, die auf den Wellen schaukeln und die kleinen Ortschaften. Auf der einen Seite der Straße das malerische Meer und auf der anderen Seite grüne Hänge mit einer unendlich schönen Blütenpracht. Der Bus hält vor einer kleinen Pension im Zentrum von Nizza. Viel Zeit zum Eingewöhnen haben Sabine und ihre Kollegen nicht. Bereits am Anreisetag beginnen die Proben. Sie hat schnell ihre Rolle einstudiert. Die erste Woche vergeht im Fluge bis zur Premiere.

Sabine läuft täglich am Meer entlang. Ihr schlanker Körper ist nach zwei Wochen braungebrannt. Die Frau strahlt Lebensfreude aus, genießt die warme weiche Luft und hört auf den regelmäßigen Rhythmus der Wellen. Sabine ist seit langer Zeit wieder glücklich, übermütig läuft sie mit ihren Freundinnen ins Wasser, schwimmt mit ihnen um die Wette und kommt ausgeglichen zu jeder Probe und Vorstellung. Öfters sitzt sie fröhlich und ausgelassen mit den Anderen im Strandkaffee.

Als sie zwei spielende Kinder mit einem Gummiboot beobachtet, kommt ihr der DDR Wahnsinn wieder zu Bewusstsein.

Helgas Eltern erhielten ein einziges Mal einen FDGB-Urlaubsplatz, in der Sommerzeit an der Ostsee, auf der Insel Rügen. Konrad und Helga waren glücklich über ihr gelbes Gummiboot, dabei hatten sie nicht bemerkt, dass sie sich mit dem Gummiboot viel zu weit von der Küste entfernt hatten. Die Wasserpolizei fischte sie auf und transportierte die Geschwister in ein Kinderheim. Erst nach zwei Tagen sahen sie ihre Eltern wieder, die von der Kripo verhört wurden. Die Stasi konnte den Republikfluchtvorwurf nicht aufrechterhalten, von dem sie ausgegangen waren - die Kinder seinen bewusst zu einem Westdampfer gepaddelt.

Die vier Wochen mit zwei Auftritten täglich und Strandaufenthalt waren sehr schnell vorüber. Sabine schminkt sich nach der letzten Veranstaltung ab. Danach verlässt sie unbemerkt das Theater durch den Bühnenausgang, ihr ist nicht nach Abschied feiern zumute.
Am Bühnenausgang verstellt ihr ein Mann den Weg.
„Sabine, endlich habe ich sie gefunden!"

Die Frau kann das Gesicht des Mannes nicht erkennen, aber diese Stimme hat sie nicht vergessen.
„René, was tun sie hier?"
„Sie werden es nicht glauben, ich suche sie seit Jahren!"
„Nein, ehrlich?"
„Wenn ich es sage. Können meine Augen lügen, die sie nun aber im Dunklen nicht sehen", lacht der Mann.
„Wie um Gottes willen haben sie mich gefunden?"
„Ich arbeite für eine deutsche Illustrierte in Frankreich, lebe seit mehreren Jahren schon in Paris bei meinen Eltern und suche sie seit ihrer Flucht aus Deutschland."
„Entschuldigen sie René, ich bin sehr müde, hatte heute zwei Auftritte und wünsche mir nichts sehnlicher als mein Bett", erwidert Sabine erschöpft.
„Darf ich sie begleiten?"
Ein ungeahntes Glücksgefühl durchströmt Sabine, trotzdem antwortet sie kurz angebunden.
„Danke, meine Pension ist gleich gegenüber!"
René verneigt sich, „sehen wir uns morgen, Sabine?"
„Gern, also dann bis Morgen, René."
Damit war sie in der Pension verschwunden. Im Zimmer angelangt, wirft sie sich aufs Bett und grübelt.
„Mein Engagement ist heute abgelaufen. Ist diese Begegnung ein Wink des Himmels? Eine neue Anstellung habe ich auch nicht.
„René, ich glaube, du bist meine Rettung!"
Mit diesen Worten schläft sie übermüdet ein.

Am nächsten Morgen kommt Sabine sehr spät in den Frühstücksraum.
„Sind meine Kollegen schon abgereist oder am Strand?" fragt sie die Serviererin Marie.
„Qui", antwortet Marie höflich, ohne ganz zu verstehen, was Sabine wirklich meint.
Auf einmal spürt Sabine, dass sie nicht allein ist.

Sie fährt herum und entdeckt den großen, schlanken Mann in der Fensternische, halb verdeckt von dem langen Damastvorhang. Er muss schon da gewesen sein, als sie herein trat. Er hat salopp die Hände in die Hosentaschen vergraben, rührt sich nicht, sondern schaut sie nur verzückt mit seinen stahlblauen Augen an. Dann passiert genau das, was sich Sabine immer ausgemalt hat, ihre Knie werden schwach, sie bekommt für einen Moment keine Luft mehr.
„René, ich habe sie gar nicht gesehen", bringt sie mit letzter Mühe hervor.
„Ja, das glaube ich ihnen, liebe Sabine. Seit einem Monat bin ich an ihrer Seite. Sie waren viel zu beschäftigt."
Dabei tritt er näher.
Sabine gibt sich ganz französisch, „Bonjour, René!"
„Enchante, Mademoiselle!"
René küsst ihr formvollendet die Hand und sieht sie voller Bewunderung an.
Sabine wird unter seinem Blick verlegen.
„Es wäre eine Sünde, eine solche Gelegenheit nicht zu nutzen", flüstert er und küsst sie.
Der Kuss scheint eine Ewigkeit zu dauern.
Draußen hupt der Bus mit den anderen Künstlern, der sie alle zum Flugzeug nach London bringen soll. Sabine greift nach ihrer Tasche, sie steckt ihm in aller Eile ihre Visitenkarte zu. Der Mann schaut traurig auf das Stück Papier, das ihm von seinem Traum geblieben ist. Sabine schaut Rene ein letztes Mal an und stürzt zum Bus. „Leb wohl René, ich muss sofort zurück nach London!"
Nachdem Sabine im Bus sitzt, springt der Motor an und der Bus setzt sich schnell in Bewegung, um die verlorene Zeit wieder aufzuholen. Sie hat auf einmal das Gefühl weggelaufen zu sein, als hätte sie etwas Gemeines und Verachtenswertes getan.

Selbst jetzt wird es ihr noch heiß in Erinnerung an seinen Kuss. Sie starrt auf die Küstenstraße und das unruhige Meer. Das Wetter ist beim Abschied grau, stürmisch und trostlos, es regnet in strömen. Tränen steigen ihr in die Augen.

In London regnet es, wie zu erwarten, weiter. Die Fahrt in der übervollen U-Bahn wird für die traurige Frau zum Alptraum. In ihrer Wohnung lässt Sabine das Gepäck völlig kraftlos auf den Boden sinken. Sie wirft sich aufs Bett und die Tränen, die sie auf dem Flug noch tapfer zurückhalten konnte, fließen ihr nun ungehindert übers Gesicht. Tagelang ist Sabine traurig, nicht einmal ihre Mitbewohnerinnen und Freundin können sie aufheitern. Eines Tages fragt Claire, „warum bist du so traurig vom Mittelmeer zurückgekommen?"
„Ich habe René am vorletzten Tag wieder getroffen, den netten französischen Chefredakteur. Durch die schnelle Abreise musste ich mich wieder von ihm trennen, ohne dass wir uns richtig ausgesprochen haben."
„Armes Bienchen, wenn er dich liebt, wie du ihn, dann sucht er nach dir", tröstet sie ihre Freundin.
„Wirklich, ich wünsche mir nichts sehnlicher."

Eine Woche später räumt Sabine völlig versonnen die Wohnung auf, ihre zwei Mitbewohnerinnen haben sich einverstanden erklärt fürs Abendbrot einzukaufen. Kurz nach dem temperamentvollen Aufbruch der zwei jungen Frauen hört sie Schritte auf dem Gang.
„Habt ihr etwas vergessen?", fragt Sabine nach.
„Ja dich", hört sie eine bekannte Männerstimme sagen. Sie schaut ihn mit ungläubigen Augen an.
„Ich komme, um dich zum Essen abzuholen."
Sabine zieht sich ihren Mantel an. René streckt den Arm aus, um ihr zu helfen, dabei streift er ihre Hand.

Sabine zuckt elektrisiert zusammen, fühlt sich plötzlich leicht, glücklich und beschwingt. Der stattliche Mann zieht sie an sich. Sein Kuss scheint wieder kein Ende zu nehmen, als er sie dann loslässt, sieht er ihr liebevoll in die Augen.
„Wohin möchtest du Essen gehen, Cherry?"
„Das überlasse ich dir", sie fühlt sich nicht in der Lage Entscheidungen, zu treffen.
An einer Nebenstraße finden sie ein kleines intimes Restaurant. Sabine weiß später nicht, was sie gegessen und getrunken hat, sie sieht nur René.
Er flüstert ihr ins Ohr, „hello Mary Lou, goodbaye Hardt!'"
„Was, das weißt du noch?"
„Ja, von diesem Augenblick an wusste ich, dass du die Frau meiner Träume bist, die mir zwei Mal weggelaufen ist, nun lass ich dich nicht mehr gehen. Willst du, Sabine Freitag, meine Frau werden?"
„Ja", nickt sie.
Er schließt sie in seine Arme.
„Du wirst es nicht bereuen, das schwöre ich dir, Cherry. Ich muss morgen wieder nach Paris, um Mama, Papa und …", er spricht nicht weiter.
Sabine ist so glücklich, dass sie seine Unsicherheit nicht registriert. In der darauf folgenden Woche ist Sabine damit beschäftigt, die Wohnung aufzulösen und auf Nachricht von René zu warten.
Nachdem René seine Reportage in London, die er dankbar angenommen hat, um Sabine so schnell wie möglich wieder zu sehen, beendet hat, fliegt er nach Paris zurück. Er erinnert sich auf dem Rückflug, an den Tag, nach Sabines Weggang in Hamburg. Der Herausgeber hatte René zu einem Vieraugengespräch bestellt. Er war dem noch jungen René sehr gewogen und hatte ihn zum Chef der innenpolitischen Redaktion gemacht.

„Lieber junger Freund, ich hörte, dass Frau Freitag ihre Redaktion verlassen hat. Was haben sie mir dazu zu berichten?"
„Frau Freitag hat gekündigt, weil sie in London ein Engagement annahm, mit Entwicklungschancen die wir ihr nicht bieten können."
„Und das haben sie geglaubt?"
„Ich war im Zimmer als Frau Freitag den Anruf aus London erhielt."
„Das mag schon sein, aber tatsächlich ist sie uns weggelaufen, weil ihr Artikel gekürzt wurde, ohne sie zu informieren. Ich schlage ihnen vor, sich nochmals mit dem Artikel, vor allem dem zu beschäftigen, was sie gestrichen haben. Diese junge Frau ist mit ihrem guten Hintergrundwissen für uns unersetzbar."
„Warum?"
„Denken sie einmal darüber nach!"

Und René dachte darüber nach und suchte sie, viele Jahre, bis er sie endlich auf einem Poster der internationalen Gesangsformation wieder fand.

Neues Glück

René stammt aus einer guten Pariser Familie. Der Vater, ein deutscher Adliger arbeitet als Bankdirektor in der Seinemetropole, seine Mutter war eine anerkannte Modedesignerin. Die betuchten Eltern ermöglichten ihm das Studium des Journalismus in Deutschland und eine Anstellung in einem renommierten deutschen Verlag in Hamburg.
In dem vornehmen Villenviertel steht inmitten hoher alter Bäume eine Villa, die von ihrer bescheidenen Vornehmheit, von allen anderen absticht. Ein breiter Weg, gesäumt mit duftenden Rosen, führt zum Portal. Auf dem englischen Rasen hinter der Rosenrabatte spielt ein kleines Mädchen mit einem riesigen Hund. Als das Auto die Toreinfahrt passiert, schaut das Kind auf und rennt von dem Hund begleitet zum Portal.
„Papi, lieber Papi, bist du endlich wieder da!"
Der Mann steigt aus dem Auto und nimmt seine Tochter liebevoll in die Arme. Dabei vergisst er nicht, auch dem Hund eine Streicheleinheit zu schenken. Die Haustür öffnet sich und eine vornehm gekleidete ältere Dame, mit weißem Haar erscheint.
„Junge ich bin froh, dich wieder gesund bei uns zu haben."
Er umarmt sanft seine zerbrechliche Mutter und folgt ihr.
„Mama, deine ewige angst um mich ist unbegründet. Ich passe sehr gut auf mich auf, das bin ich schließlich meinem kleinen Engel schuldig", dabei streicht René liebevoll über die langen braunen Locken seiner sechsjährigen Tochter.
„Mama ist Papa zu Hause, ich muss mit euch sprechen."
„Nein, dein Vater ist in der Bank, er muss die Bilanzen überwachen, deshalb kommt er erst am Abend."

Begleitet von ihrem Hund Rex folgt die kleine Isabel dem Vater und der Großmutter.

„Ich habe dir aus London etwas mitgebracht, mein kleiner Engel."

Mit diesen Worten überreicht der Vater seiner Tochter eine kleine Puppe.

„Das ist ein Wachmann der englischen Königin und deiner Lieblingsprinzessin Diana."

„So klein sind dort die Wachen?", fragt das Kind erstaunt. Mutter und Sohn müssen lachen.

„Nein, das ist nur eine Puppe, die so angezogen ist, wie die englische Garde der Königin, sonst sind das sehr große starke Männer."

„So groß und stark wie du Papa? Dann bin ich ja beruhigt", entgegnet das Kind altklug.

„Isabel gehst du bitte Hände waschen, damit wir mit dem Papa essen können, er ist bestimmt von der langen Reise hungrig."

„Ja Omi, ich bin sofort zurück."

Die Mutter schaut ihren Jungen an, ihre Augen funkeln verschmitzt. Sie ahnt, dass es etwas Wichtiges sein muss. Schon lange macht sie sich Sorgen, um das Seelenleben ihres Sohnes. Seit dem Tod seiner Frau Monik ist René wortkarg und frauenscheu geworden. Die Mutter kann sich noch an den schwarzen Tag vor vier Jahren erinnern, als sie die Nachricht vom tödlichen Verkehrsunfall seiner jungen, lebenslustigen Frau erhielt. Sie hatte sich selbstverständlich der zweijährigen Isabel angenommen, damit René weiterarbeiten konnte. Daraufhin lies er sich von Hamburg nach Paris versetzen, um seinem halbverwaisten Kind näher zu sein. Seine Mutter dachte immer wieder, dass ihr Sohn endlich eine Frau und Mutter für Isabel braucht, er machte dazu keine Anstalten. So versuchte sie das Problem in ihre Hände, zu nehmen. Sie lud die Töchter ihrer Freundinnen ein, nie war dabei ein Funke übergesprungen. Inzwischen kennt sie den Grund ihres Misserfolges. René jagt einem Traum nach. Immer wieder hört er die Musik einer Musikformation. Auf seinem Schreibtisch steht ein Foto, das viele Sänger und Sängerinnen zeigt, eine davon muss sein heimlicher Schwarm sein. Die Mutter hat sich alle Gesichter eingeprägt, doch keines war ihrer verstorbenen Schwiegertochter, einer exotischen dunkelhaarigen Südländerin ähnlich.

Am Abend sitzt die Familie zusammen, Isabel war zu Bett gegangen und die Mutter kann ihre innere Anspannung nicht mehr länger verbergen. Die Männer machen es sich in der gemütlichen Kaminecke bequem und warten auf die Hausherrin.

„Ich muss euch etwas sehr Wichtiges erzählen", beginnt René seine Beichte.

„Ich werde wieder heiraten."

„Ist es eine uns bekannte Frau?", fragt die Mutter interessiert.

„Bestimmt hast du sie schon gesehen, liebste Mutter. Ich sah, wie du am Bild auf meinem Schreibtisch viel zu viel Staub gewischt hast."

„Welche ist es denn?"

„Der Vater lacht, „darf ich raten, ich glaube die schlanke Blonde", dabei zwinkert er lachend mit den Augen.

„Was Papa, auch du hast an meinem Bild Staub gewischt?", lacht René.

„Mein Junge, ich war ja schließlich auch mal jung und eigentlich haben wir den gleichen guten Geschmack, oder?", erwidert schmunzelnd sein Vater.

„Ja Papa, du hast Recht. Sie heißt Sabine und ist in Warschau geboren. Ich lernte sie in meiner Hamburger Redaktion kennen. Völlig unerwartet nahm sie ein Engagement in London an. Wir verloren uns aus den Augen, deshalb heiratete ich Monik.

Nach zehn Jahren traf ich Sabine, vor vier Wochen, in Nizza wieder. Gestern in London bat ich sie meine Frau zu werden und erhielt ein Ja."
„Weiß sie ...?"Der Vater macht eine Bewegung mit der Hand, die der Größe von Isabel entspricht.
„Nein, ich muss meine beiden wichtigsten Frauen, außer dir Mama, sanft auf das Treffen vorbereiten."
„Hat sie Kinder?"
„Sie ist Witwe, ansonsten wird sich diese Frage erübrigen Mama. Sabine hatte als Sängerin wenig Zeit, ich weiß, dass sie nie wieder eine Bindung eingegangen ist."
René holt Sabine vom Flughafen Orly ab. Bis zur Rue de Rivoli fahren sie mit seinem Auto. Sabine steht aufgeregt vor dem großen Haus, dass nun auch ihr Zuhause ist. Die Wohnung liegt im Zentrum von Paris. Hier bewohnt René eine Penthausetage. Er holt ihre Koffer aus dem Auto, öffnet die Haustür und zeigt der Geliebten den Weg zum Fahrstuhl. Nachdem René die Wohnungstür geöffnet hat, hebt er seine zukünftige Frau auf die Arme und trägt sie über die Schwelle. Sabine schaut sich um. Überall liegen dämpfende Teppiche, bequeme Ledersessel laden zum Sitzen ein. Die ausgewählten Möbel aus Barock und Biedermeier vollenden den Eindruck des auserlesenen Geschmacks des Besitzers. Nach Süden zu hat der große Raum eine Panoramascheibe, dahinter liegt eine Terrasse mit gemütlichen Korbmöbeln und einem herrlichen Blick über die Dächer von Paris. Sabine entdeckt an der Wand das in Öl gemaltes Portrait, einer südländischen Schönheit, gepaart mit Pariser Eleganz. Beim Anblick des Bildes legen sich Schatten auf das Gesicht des Mannes und seine kleinen Lachfalten um die Augen verschwinden.
„Ist diese schöne Frau deine Mutter?"
„Nein, sie war meine erste Frau."

Sabine ist enttäuscht, muss sie nun mit der Vergangenheit von René leben? Er schaut Sabines Gesicht aufmerksam an und weiß zu gut, was sie empfindet. Er nimmt sich vor das Bild gleich morgen wegzuhängen, um sie nicht zu verletzen. Zu ihr gerichtet sagt er, „du kannst dir die Wohnung so einrichten, wie du es möchtest. Wir werden gemeinsam ein schönes neues Bild aussuchen, einverstanden?"
Nachdem sie sich niedergesetzt haben, sieht Sabine wieder auf das Bild.
„Bitte erzähle mir etwas über deine erste Frau."
Rene bereitet Sabine und sich einen Begrüßungstrunk, bevor er ihren Wunsch erfüllt.
„Ich heiratete Monik vor sechs Jahren und verlor sie zwei Jahre später bei einem Autounfall."
„Davon hast du mir nie etwas erzählt."
„Das ist richtig, die Erinnerungen an sie sind mit den Jahren verblasst. Monik war sehr selbständig und in unserer Ehe kriselte es bereits. Wir haben nur noch aus einem Grund unsere Ehe aufrechterhalten, weil …", auch diesmal spricht er nicht weiter. Er weiß nicht, wie er Sabine beibringen soll, dass er ein Witwer mit einer kleinen Tochter ist. Bis zur Hochzeit muss er ihr alles gestehen, fühlt er sich schuldig.
„Kannst du darüber sprechen, wie deine Frau gestorben ist?"
„Monik war eine sehr gute Autofahrerin, hätte es damals schon die Anschnallpflicht gegeben, wäre der Unfall nicht so dramatisch verlaufen. Der Unfallverursacher hat Fahrerflucht begangen, so vergingen kostbare Minuten, bis Monik ärztliche Hilfe bekam. Sie war bewusstlos auf dem Weg zum Krankenhaus. Beim Auffinden an der Unfallstelle hatte sie nur kleine Blessuren und Hämatome. Jedoch bei der Einlieferung war der Puls schon sehr schwach. Innerhalb von wenigen Sekunden

verschlechterte sich ihr Zustand so sehr, dass die Ärzte keinen Herzschlag mehr an der Halsschlagader feststellen konnten. Die OP war ein Wettlauf mit der Zeit. Der Oberarzt entdeckte eine unauffällige Druckstelle unter dem linken Rippenbogen. Beim Öffnen des Bauchfells erkannte er, Monik hatte eine Milzruptur."
„Konnte sie nicht gerettet werden?", fragt Sabine von dem traurigen Schicksal sehr ergriffen.
„Bei traumatischen Milzrupturen liegt die Erfolgsquote bei 50%, entscheidend dabei ist der Blutverlust in der Bauchhöhle. Verursacht wurde diese Verletzung durch das Lenkrad, das Moniks Oberkörper in Höhe des Oberbauches eindrückte. Dies passiert immer bei einem Frontalaufprall, wenn der Fahrer nicht angeschnallt ist", erklärt Rene.
„Also ist der Unfallfahrer für den Tod von Monik verantwortlich. Habt ihr ihn dafür zur Verantwortung gezogen?", will Sabine mitfühlend wissen.
„Die Polizei konnte ihn nicht finden, nein!"

René denkt an den Streit, den er mit Monik am letzten Tag ihres Lebens hatte. Er stellte sie zur Rede, weil er ihre Affäre mit einem Jugendfreund entdeckte. Monik war aus dem Haus gelaufen und mit dem Auto weggefahren. Sie hatte sich aus Verzweiflung, dass ihre Untreue entdeckt worden war, nicht einmal angeschnallt. René suchte sie bis in die Nacht überall, und als er sie endlich fand, war jede Hilfe zu spät. Monik lag auf der Trage des Krankenwagens und hatte noch einmal das Bewusstsein erlangt. So konnte er von ihr Abschied nehmen. Sie hauchte ihm mit absterbender Stimme zu, „bitte verzeih!"
„Monik, ich habe dir schon längst verziehen, bleibe tapfer, du wirst wieder gesund!", hatte er ihr gut zugeredet.
Monik stammelte, „danke, was wird aus unserem Kind? Bitte versprich mir etwas."

„Was soll ich dir versprechen? Was hast du nur, der Krankenwagen fährt dich sofort ins Krankenhaus, dort bekommst du Hilfe", tröstete sich der gebrochene Mann selbst.
„René, wenn ich einmal nicht mehr bin, dann sorge für unsere Isabel, lass sie nie in Stich!" Dabei schaute die Verunglückte ihren Mann erwartungsvoll an. Er hatte die Worte im Flüsterton, nur schwer verstehen können, dann fiel Monik wieder in Ohnmacht. Sein Herz zog sich bei dem Schmerz zusammen, dem Schmerz um die geliebte Frau, die ihn betrogen hatte.

Sabine sieht das schmerzverzerrte Gesicht von René.
„Was ist mit dir, kannst du diese Ereignisse immer noch nicht verwinden?"
„Nein das nicht, ich war in Gedanken in einer anderen Welt. Lassen wir uns von der Vergangenheit nicht die Zukunft zerstören!"
Der Mann steht auf, holt eine Flasche Champagner und stößt mit seiner Verlobten auf die Zukunft an.
Das Liebespaar genießt die Zweisamkeit, bis das Wochenende vorbei ist und René wieder in die Redaktion muss.
„Liebling wirst du dich heute zurechtfinden?"
„Ich bin nicht das erste Mal in Paris, ich werde einen Bummel durch die Stadt machen und an meinen Verlobten denken", lacht sie.
Sabine schlendert durch die schöne Innenstadt, plötzlich steht sie vor dem Arc de Triumphe. Ein Blick auf die Uhr zeigt ihr, dass René erst in einer halben Stunde die Redaktion verlassen wird. Sie setzt sich in die Sonne, auf eine Steinbank, unter dem imposanten monumentalen Torbogen und schaut gespannt in die stille Parallelstraße, Avenue d'line, zu dem Haus aus der Gründerzeit, in dem die Redaktion von ihrem Verlobten untergebracht ist. Er wird sich bestimmt über ihre Sicherheit freuen, mit der sie allein die Redaktion gefunden hat.

Sie schaut sich um, Autos fahren unablässig hupend im Kreisverkehr um die Insel des Monumentes. Neben ihr auf der Bank sitzt eine vornehme ältere Dame mit ihrem Enkelkind. Sabine beobachtet das kleine Mädchen mit den langen braunen Locken. Das Kind spielt mit einer englischen Gardeoffizierpuppe. Es spürt, dass Sabine Interesse an ihrem Spiel zeigt. Das Mädchen nähert sich der fremden Frau und zeigt ihr die Puppe.
„Was hast du für einen schönen Gardeoffizier."
„Woher weißt du, dass meine Puppe ein Offizier ist?"
„Ganz einfach, ich habe in der Stadt gelebt, wo diese Offiziere die Königin bewachen."
„Oma, Oma, die Frau kennt die Königin!"
„Bitte Isabel, nicht so laut, du störst die Dame!"
„Nein, sie ist ganz nett."
Die Großmutter betrachtet nun die Dame, mit der sich ihre Enkeltochter unterhalten hat. Dabei kommt ihr das Gefühl, das sie dieses Gesicht schon einmal gesehen hat.
„Kennen sie die Prinzessin Diana?", fragt das Kind.
„Ich habe sie schon einmal gesehen und für sie gesungen."
„Du kannst singen? Und wie sieht die Prinzessin aus?"
„Sehr schön, sie ist lieb zu Kindern."
„Wenn du so weit herkommst, was machst du hier in Paris?"
„Ich wohne seit zwei Tagen hier und warte auf meinen Verlobten."
„Was ist ein Verlobter?"
Der Großmutter ist diese Frage peinlich.
„Isabel sei nicht so neugierig."
Daraufhin spielt Isabel wieder intensiv mit ihrer Puppe. Dann hat sie doch noch etwas ihrer neuen Bekannten mitzuteilen und tritt wieder zu Sabine.

„Du musst wissen, Oma und ich warten auf Papa. Er will mit mir einen Eisbecher essen gehen, weil er am Wochenende für mich keine Zeit hatte."
In diesem Moment verlässt René die Redaktion. Sabine erhebt sich, um ihn entgegen zu gehen. Auch die ältere Dame und Isabel machen sich zum gehen fertig.
„Kommst du mit uns durch den Tunnel?"
„Ja, mein Verlobter wartet schon auf mich auf der anderen Straßenseite."
„Das ist toll, dann können wir zusammen gehen. Mein Papa wartet am Durchgang, da kann ich ihn dir gleich vorstellen, er ist ein schicker Mann."
„Deinen Vater musst du nicht auf dem Goldteller servieren", ist es der Großmutter peinlich.
Das Kind nimmt Sabine an die Hand und hüpft neben ihr her, der Oma gibt sie den Gardeoffizier. Gemeinsam laufen die Drei den langen Durchgang entlang bis zur Treppe. Oben steht ein großer Mann mit dem Rücken zum Durchgang. Isabel löst sich aus der Dreiergruppe und stürzt die Treppe hinauf.
„Papa, Papa ich habe eine nette Frau kennen gelernt, die hat schon vor der Prinzessin Diana gesungen!"
Der überraschte Mann wird blass und klammert sich an seine Tochter. Sabine bleibt wie angewurzelt stehen, auch seine Mutter hält inne. Sie weiß nun, dass diese Frau, die Verlobte ihres Sohnes ist. Die Frau überspielt diese peinliche Zusammenkunft mit den Worten, „sie sind sicher Sabine, ich bin Renés Mutter", und reicht ihr die Hand. Dabei deutet sie entschuldigend auf den Mann und das Kind. Sabine lächelt ihre zukünftige Schwiegermutter an, dann wendet sie sich an ihren Verlobten und wartet auf seine Erklärung. Dieser tritt schuldbewusst zu den zwei Frauen, küsst seine Mutter, dann Sabine.
„Bitte verzeiht, Isabel ist meine Tochter aus erster Ehe. Nach dem tödlichen Unfall nahm meine Mutter die

zweijährige junge Dame in ihre Obhut. Ich hätte es dir schon längst sagen müssen."
Sabine lächelt, „mit Isabel habe ich mich schon angefreundet."
Die Augen des Mannes sagen, Danke!

Sabine hat allen Grund zur Freude. In den folgenden Monaten ist es ihr vergönnt, eine Verlobungszeit zu erleben, die sie sich in ihren kühnsten Träumen nicht hätte ausmalen können. Alles wird für ihr zukünftiges Eheleben vorbereitet. Monsieur Ornoth richtet seinem Sohn eine Villa ein, damit er nicht mit der Erinnerung an seine erste Frau in der Stadtwohnung leben muss. Sabine entscheidet mit, wie ihr zukünftiges Heim eingerichtet wird. Viele Stunden haben sie und René mit der Einrichtung verbracht. Dabei war beiden nicht bewusst geworden, dass sie Isabel vernachlässigten. Das Kind distanziert sich immer mehr. Von Sabine will sie nichts mehr wissen. Isabel ist eifersüchtig auf die neue Frau an ihres Vaters Seite.
Die Hochzeit verläuft in einer angenehmen und heiteren Stimmung. Sehr deutlich steht dem Brautpaar das Glück in den Gesichtern geschrieben, das registriert Isabel sehr genau. Sie streut bei der Feier in der Kirche Blumen, ansonsten hält sie sich im Hintergrund und spielt lieber mit ihrem vierbeinigen Freund Rex. René und Sabine verzichten, mit Rücksicht auf Isabel, auf eine Hochzeitsreise. Sie freuen sich auf ihr gemeinsames Heim und Isabel, die von nun an auch Sabines Tochter ist. Heimlich denkt Sabine an ihren Sohn Paul. Sie schwört sich und der ersten Frau von René. „Danke Monik, ich werde Isabel eine gute Mutter sein!"
Schon früh am Nachmittag des Hochzeitstages verlässt das Brautpaar die Feier. Zum Abschied drückt die Braut ihre Schwiegereltern und dankt ihnen für all die viele

Hilfe in den letzten Monaten. René greift nach der Hand seiner frisch Angetrauten und zieht sie zum Auto.
„Komm Cherry", flüstert er ihr verheißungsvoll zu.
„Wo ist Isabel?
Ich möchte sie nicht allein lassen. Das Kind sah heute Morgen so traurig und bedrückt aus", entgegnet Sabine.
„Mach dir keine Sorgen, sie ist gut bei meinem Eltern und den anderen Gästen aufgehoben, morgen holen wir sie zu uns in die Villa."
Die Schwiegereltern winken dem Brautpaar. Monsieur Ornoth weiß, dass sein Sohn keine bessere Frau finden konnte, er hatte seine Schwiegertochter, die er schon lange vom Bild kannte, sofort ins Herz geschlossen. René ruft vor dem Abfahren den Eltern noch zu, „vergesst bitte nicht, dass wir euch morgen zum Tee in unserer Villa erwarten!"
„Isabel", wo war das Kind geblieben, ging es der Großmutter durch den Kopf.
Isabel hat sich versteckt, sie will allein sein. Auf der Bodentreppe klammert sich das Kind weinend an ihren englischen Gardeoffizier. In der folgenden Zeit wird Isabel sehr trotzig, sie wollte auch nicht in dem Haus des Vaters mit Sabine leben, sondern bei Oma und Opa bleiben. Damit finden sich die Jungvermählten vorerst ab. Eines Tages kommt René mit der Nachricht nach Hause, dass er eine Tagung in Amerika besuchen wird.
„Bitte komme mit Sabine! Es wird dir nicht nur gut tun hier heraus zu kommen, wir werden endlich wieder einmal mehr Zeit füreinander haben und unsere Hochzeitsreise nachholen."
Anfangs ist Sabine mit seinem Vorschlag einverstanden, dann sieht sie die traurigen Augen von Isabel, als diese fragt. Wenn ihr verreist, was wird aus mir?
„Papa du hast mich nicht mehr lieb!", hatte sie noch anklagend gerufen und war wieder weggelaufen.

Sabine entscheidet, „nein René, ich bleibe hier bei Isabel und deinen Eltern. Komm bitte recht bald zurück!"
Er ist enttäuscht, versteht jedoch die Entscheidung von Sabine. Isabel sollte endlich begreifen, dass sie für alle das Liebste ist, für das es zu Leben Sinn macht. Voll tiefer Liebe zieht René seine Frau in die Arme, bis der letzte Aufruf kommt. „Monsieur Ornoth, begeben sie sich zum Abfertigungsschalter!"

Noch lange steht Sabine am Fughafen Orly und schaut der gestarteten Maschine nach. Sie kann sich nicht erklären, warum ihr Herz so traurig ist. Ausgefüllt von der innigen Liebe zu ihrem Mann will sie zu seiner Tochter eilen und sich ausschließlich nur noch um die kleine Dame kümmern. Sabine hat schon eine Idee, um das Herz des Kindes wieder zu gewinnen und René eine Überraschung zu bereiten. Sogleich fährt sie mit dem Sportwagen ihres Mannes zur Villa ihrer Schwiegereltern.
Isabel spielt mit Rex im Garten. Sie beobachtet, wie das Auto ihres Vaters die Toreinfahrt passiert. Das Kind springt vor Freude auf, dann erkennt sie enttäuscht Sabine, duckt sich hinter die Rosenrabatte, um vom Weg nicht gesehen zu werden.
„Sabine", ruft Madam Ornoth erfreut.
„Mama ich habe eine Idee für Renés Rückkehr und Geburtstag", teilt sie ihrer Schwiegermutter gleich an der Eingangstür mit.
„Komm erst einmal herein und setz dich in den Salon, dann lass es mich wissen!"
„René hat das Bild von Monik auf den Boden verbannt, ich möchte gern Isabel portraitieren lassen."
„Das ist wirklich ein toller Einfall, was meinst du Vati?", dabei zieht sie ihren Mann, der vor zwei Minuten in den Raum getreten ist und seiner Schwiegertochter die Hand reicht, in das Gespräch mit ein.

„Wo gibt es gute Maler in Paris?", fragt Sabine ihre Schwiegereltern.
„Liebes fahre mit Sabine und Isabel in die Stadt, dort stehen auf allen Plätzen talentierte Maler und warten auf Kundschaft, um damit ihren Lebensunterhalt zu verdienen."
„Danke, Schwiegerpapa!", antwortet Sabine für ihre Schwiegermutter. Madam Ornoth lässt Isabel holen und weiht sie in den Plan ein.
„Isabel du weißt, dass dein Vater bald Geburtstag hat. Wir wollen ihm eine Freude bereiten und ein Bild von dir malen lassen. Was meinst du dazu?"
„Wirklich Oma, das wollt ihr tun?"
Sie schaut scheu zu Sabine.
„Hattest du diese Idee?"
„Ja, ich weiß, wie lieb dein Vater dich hat, wir werden das Bild in den Salon unserer neuen Villa hängen, damit dein Vater dich immer bei sich hat, auch wenn du einmal bei der Oma bist."
„Danke Sabine, ich freue mich auf Papas Augen, wenn er das Bild sieht."
„Isabel, wir müssen nach Paris fahren, um einen guten Maler zu finden, bitte mache dich schön."
„Ich bin gleich fertig Oma."
Wenig später fährt das Dreigespann in die Stadt von Paris.
„Ich habe in der Haupthalle des Gare de l'Est und auf dem Boulevard de Strasbourg, Maler gesehen", denkt Sabine laut.
„Könnt ihr euch noch an unsere erste Begegnung erinnern, am Arc de Triumphe, stand auch ein Maler", kam es Madam Ornoth in den Sinn.
„Und ich sah viele Maler beim Besuch des Eiffelturms mit Papa", meldet sich Isabel aufgeweckt. Sie ist wieder so aufgeschlossen, wie Sabine das Kind kennen gelernt

hatte. Noch eins erinnert sie heute an die erste Begegnung, Isabel hat ihren Gardeoffizier in den kleinen Händchen. Die Drei suchen lange nach dem richtigen Maler und finden ihn nicht an den bezeichneten Stellen. Sabine parkt ihr Auto auf dem Gelände der Redaktion, auf der Seitenstraße des Arc de Triumphe. Isabel knurrt der Magen und sie entscheidet, nun Hunger zu haben. Unter den Platanen und Akazien einer Seitenallee entdeckt Sabine einen jungen Maler, der sie an ihren verstorbenen Mann Peter erinnert. Isabel schaut sich seine Bilder, Landschaftsgemälde, an.
„Kann der schön malen", stellt das Kind fest.
Sie schlendern weiter, bis sie an die Kreuzung Champs-Elysées-Avenue, George V. gelangen.
„Ich halte es nicht länger vor Hunger aus", gesteht Isabel.
So setzen sich die Drei in das Bistro, George V., das mit seinen gelben Markisen zur Straßenfront einladend wirkt. Die Frauen lassen sich einen Trink servieren, Isabel schaufelt einen großen Eisbecher in sich rein.
„Und damit ist dein großer Hunger gestillt?"
„Ja, ich habe etwas viel Wichtigeres vor, da muss das Essen schnell gehen, Omi!"
Auf dem Rückweg zum Auto bleibt Isabel wieder bei dem jungen Maler stehen, der ihr schon auf dem Herweg aufgefallen war. Isabel zupft ihn an seiner Bluse.
„Kannst du mich auch malen?", fragt sie kokett.
Er schaut das Kind schmunzelnd an, „es wird mir eine Ehre sein, Mademosel malen zu dürfen!"
„Danke" Isabel rennt zur Oma, „er wird mich malen."
Sabine tritt, gefolgt von der Schwiegermutter und Isabel zu dem jungen Maler.
"Meine kleine Tochter sagt, dass sie auch Portraits malen?"
„Ja natürlich, gern möchte ich die junge Dame malen", antwortet er mit russischem Akzent.

Sabine ist dieser junge Mann, kaum älter als 20 Jahre, ungewöhnlich sympathisch.
Das empfinden auch Isabel und Madam Ornoth. Der Maler skizziert sofort das Kind und bittet um eine weitere Sitzung in den nächsten Tagen. Sabine gibt ihm dafür eine kleine Anzahlung, wofür sich der Maler sehr höflich bedankt. Isabel umarmt nach der Rückkehr in die Villa den Großvater.
„Opa, ich bin jetzt ein richtiges Modell!"
Alle müssen über die herzige kleine Dame lachen. Das Bild wurde fertig gemalt. Isabel war bei den Sitzungen sehr diszipliniert und Sabine erfuhr viel aus dem Leben des Malers Igor, der aus Skt. Petersburg kommt. Er studiert Kunstgeschichte, als Gaststudent für ein paar Monate in Paris, dafür verdient er sich das Geld mit Straßenmalerei. Er hatte schon als Schüler in der Eremitage, der größten Gemäldegalerie im früheren Leningrad, malen gelernt. Sein Vater war nach dem II. Weltkrieg Offizier und lebte mit seiner Familie zu Sabines Erstaunen in Ostdeutschland. Dort soll Igor auch geboren sein. Als er das Jahr nannte, krampfte sich ihr Herz zusammen. Sie sieht in Igor einen Verbündeten. Er ist in der gleichen Stadt geboren, wie Sabine und hatte dort viele Jahre gelebt, nur darf sie auch ihm nichts über ihr Heimweh erzählen. Igor verehrt die Mutter von Isabel, die sogar russisch mit ihm spricht. Selten begleitet die Großmutter die Beiden zu dem Maler. Das Bild muss noch vor Renés Rückkehr gerahmt sein. Igor verspricht einen passenden Rahmen auszusuchen.
Jeden Tag ruft René seine Lieben zu Hause an. Er weiß, dass am Abend die ganze Familie zusammensitzt. In zwei Tagen werde er den Rückflug antreten, erklärt René eines Tages. Sabine zählt die Stunden bis zu seinem Eintreffen. Beiden dauerte die Trennung zu lange. Ein Kollege bietet René an, mit ihm

in seinem Privatflugzeug, schon einen Tag früher in die Heimat zu fliegen. René nimmt dankbar an und teilt seine frühe Rückkunft der Familie mit.

Nur zwei Männer und der Pilot sind an Bord des Privatflugzeuges. Sie überfliegen den Ozean. Immer wieder blickt René auf die silbrig schimmernden Wellen unter sich. Nicht mehr lange und das Festland würde am Horizont erscheinen. Der Mann träumt mit seiner kleinen Familie eine Reise an atemberaubende Strände zu unternehmen. Sicher werden dann Isabel und Sabine ein besseres Verhältnis zueinander haben, er will sie mit einer besonderen Reiseroute überraschen. Der Pilot macht seine Passagiere auf das am Horizont bereits sichtbare Festland aufmerksam. Wieder blickt René hinunter und bestaunt die vielen kleinen beschaulichen Inseln. Er spürt plötzlich eine Übermüdung, die letzten Tage waren anstrengend, er braucht dringend Schlaf.
Auf einmal schreckt er aus dem Halbschlaf, ist hellwach. Der Pilot hat laut vor sich hingeschimpft und wirkt sehr nervös. René hört, wie sein Kollege fragt, „ist was nicht in Ordnung Jonny?"
Jetzt hat auch Rene das Gefühl, dass etwas mit dem Motorengeräusch nicht stimmt. Der Pilot deutet auf das Armaturenbrett. Die Männer erkennen, dass Unregelmäßigkeiten aufgetreten sind.
Jonny ruft verängstigt, „die Benzinzufuhr ist blockiert!"
Ein riesiger Schreck durchfährt Rene, er ahnt die Gefahr. Er fragt noch einmal nach.
„Werden wir ohne Problem landen können?"
„Nein, wir schaffen es nicht mehr bis zum Festland!", gibt der Pilot verbissen zur Antwort.

„Wir müssen versuchen mit dem Wind zu fliegen, das Triebwerk ist völlig ausgefallen", stellt er wenig später fest.
„Hoffentlich landen wir sicher", hört sich Rene sagen.
„Bitte legen Sie die Schwimmweste an!", fordert der Pilot seine Fluggäste auf. Er selbst hat keine Zeit mehr dazu. Die Höhe des Flugzeuges verringert sich. Die Nadel des Tachometers sinkt, das Flugzeug verliert weiter an Höhe und stürzt ins Meer. Der Flugsicherheitsdienst hat das Flugzeug beim Anflug auf dem Radarschirm verfolgt. Plötzlich ist es in Höhe der Küste vom Radar verschwunden.
Hubschrauber und Schiffe suchen die gesamte Küstenzone ab. Nach Stunden entdecken die Suchmannschaften treibende Teile des vermissten Privatflugzeuges, von den Passagieren fehlt jede Spur. Wenig später werden die Familien der Vermissten informiert. Monsieur Ornoth, der die Nachricht entgegengenommen hat, ist erschüttert. Er findet Sabine, die mit Isabel zum Flughafen Orly gefahren ist, um Rene abzuholen, in der Empfangshalle. Die Beiden freuen sich, dass der Großvater mit zum Empfangskomitee gehört.
„Willst du Papa mit abholen?", fragt Isabel ahnungslos.
Der Opa sieht sie traurig an und schüttelt den Kopf.
„Das ist nicht möglich!"
„Was soll das heißen?", fragt Sabine, dabei sieht sie in das aschfahle Gesicht ihres Schwiegervaters. Die Frau beginnt zu ahnen, dass etwas Schlimmes geschehen ist.
„Ich muss mit euch sprechen, bitte setzt euch!"
„Was ist mit Papa?", fragt Isabel unruhig.
„Sein Flugzeug ist vor der Küste vom Radar verschwunden und gilt als vermisst. Noch weiß niemand, was passiert ist. Ich fahre euch wieder nach Hause zur Großmutter."

Er sieht in das ungläubige Gesicht seiner Schwiegertochter und umfasst Isabel, die bitterlich weint. Der alte Herr kann vor seelischem Schmerz kaum sprechen.
„Meine Lieben", sagt er zu Hause angekommen, „es muss ja nicht das Schlimmste passiert sein."
Sabine hadert mit sich, er ist abgestürzt, warum habe ich ihn nicht begleitet? Wieder einmal habe ich kurz nach der Hochzeit einen Mann verloren. Lieber Gott, lass es noch gut enden! Sie grübelt weiter als sie am Abend allein im Ehebett liegt. Warum gibt es für mich nur Tod und Unglück. Was habe ich Unrechtes getan, dass mein Schicksal so grausam ist? Die Familie sitzt die nächsten Tage immer wieder zusammen und wartet auf Nachricht. Isabel kuschelt sich eines Abends an Sabine, schaut sie traurig an, legt dabei ihre kleine Hand auf Sabines Hände und fragt, „sind wir nun ganz alleine Mama?"
Sabine blickt dankbar das traurige Kind an und denkt, hoffentlich hast du diesmal Unrecht. Ich werde immer für dich da sein, wenn uns das Schicksal diese Last auferlegt!
Nach zwei Tagen trifft die Nachricht ein, dass die Leiche des Piloten aus dem Meer geborgen wurde. Sabine hat wieder Hoffnung, dass René doch noch lebend gefunden wird. Die Suche nach den vermissten Männern wird nach einer Woche eingestellt. René gilt als verschollen. Sabine wohnt mit Isabel bei den Schwiegereltern. Gemeinsam wollen sie den Schmerz, um den geliebten Menschen tragen.
Eines Morgens klingelt sehr früh das Telefon. Monsieur Ornoth verlässt daraufhin die Villa. Die Frauen und Isabel sitzen allein am Frühstückstisch.
„Wo ist der Opa?", will Isabel wissen.
„Opa hat eine Überraschung, dafür wurde er sehr früh ins Büro gerufen. Mir hat er aufgetragen mit euch in die Stadt zu fahren."

„Au fein, dann können wir endlich mein Bild bei Igor abholen", jubelt Isabel. Sabine erinnert sich plötzlich daran, weshalb sie das Bild malen lies. Heute hat René Geburtstag. Wieder kommt die Schwiegermutter auf einen ungewöhnlichen Einfall.
„Ich werde Lisette in eure Villa schicken, damit sie für Ordnung sorgt und Henry soll gleich einen Haken für Isabels Bild anbringen. Liebe Sabine, bitte gib ihm einen Hinweis, wo er den Haken anbringen muss."
„Ich denke über dem Kamin ist der richtige Platz für das Bild von Isabel", überlegt Sabine laut.
„Danke Mama, dann sieht jeder, der in den Salon tritt, mein Gesicht."
Sabine ist glücklich, dass Isabel sie anerkennt. Die Not hat sie näher gebracht. Igor freut sich seine drei Damen endlich wieder zu sehen. Für diese Kundinnen hätte er gern ein Bild gemalt, ohne dafür Geld zu nehmen. Sein Herz gehört der schönen Madam, die sich so große Sorgen um ihren verschollenen Mann macht.
„Darf ich sie malen, Madam Sabine?"
„Später junger Freund, gern hätte ich ein Bild von dem Venedig des Nordens."
„Kennen sie Petersburg persönlich?"
„Ja, ich war als Schülerin mit meinen Eltern dort. Damals hieß es noch Leningrad."
„Dann haben sie auch das Schloss der Zarin besucht und kennen die Geschichte von Zar Peter I.?"
„Igor, wer kennt die Geschichte von Zar Peter I., nicht", mischt sich jetzt die Großmutter lachend in das Gespräch ein.
„Du meinst die Oper Zar und Zimmermann, liebe Schwiegermama"
„Die Oper von dem Zaren, den Igor kennt, möchte ich besuchen", meldet sich Isabel zu Wort.

„Das ist eine gute Idee Isabel, dann gehst du das erste Mal in die Oper. Dafür brauchst du ein besonderes festliches Kleid."
„Neue Kleidung, das ist unser Stichwort Sabine. Isabel ist aus allem herausgewachsen und wir haben es nicht einmal bemerkt. Dann machen wir uns gleich auf den Weg unserer kleinen Damen das Passende zu kaufen", stellt die Großmutter ohne Umschweifen fest.
Sabine staunt, ihre Schwiegermutter ist seit langem plötzlich unbeschwert. Die Damen verabschieden sich von Igor. Während Isabel im Bistro, Henry V. wieder einen Rieseneisbecher verputzt, verstaut Sabine das Bild im Kofferraum des Autos. Danach machen sie alle Kinderkaufhäuser unsicher.
Mit Paketen bepackt begeben sie sich auf die Heimfahrt. In der Villa der Schwiegereltern ist eine ungewöhnliche Betriebsamkeit, stellt Sabine fest. Am Portal empfängt sie der Schwiegervater, der seine Frau liebevoll in Empfang nimmt und mit ihr einige Worte wechselt. Sabine sieht, wie ihre Schwiegermutter nickt und ihrem Mann einen Kuss gibt. Dann wendet er sich an seine Schwiegertochter. „Sabine, bitte bringe das Bild und die Päckchen für Isabel gleich in eure Villa. Mama wird sich nach dem langen, aufregenden Tag in Paris etwas ausruhen und heute Abend essen wir alle zusammen hier."
Sabine nickt. Isabel erklärt, „ich gehe mit Mama das Bild aufhängen und meine schönen Kleider auspacken."
„Etwas anderes habe ich gar nicht von dir erwartet", stellt ihre Großmutter lächelnd fest.
Sabine findet das Verhalten ihrer Schwiegerelter sehr merkwürdig. Der Schwiegervater spürt ihren unsicheren Blick und lenkt sofort ein.
„Kommt schnell, hier ist es zugig. Damit ihr euch nicht erkältet, fahre ich euch zur Villa."

Gemeinsam sitzen Isabel und Sabine auf dem Rücksitz des Autos, denn den Beifahrersitz hat Rex belegt. Wieder eine ungewöhnliche Situation denkt Sabine, sonst darf der Hund nicht auf dem Beifahrersitz mitfahren. Was ist nur heute los? Wenig später hält der Wagen vor der Villa, die Sabine wochenlang allein gelassen hat. Beim Anblick des Bauwerkes, das Rene für seine Familie als Nest vorbereitete, wird es ihr wehmütig ums Herz.
„Kommst du mit herein, Opa?", fragt Isabel.
Nachdem er Sabine das Bild und die Einkaufstaschen überreichte, hat er es plötzlich sehr eilig wegzukommen.
„Ich hole euch heute Abend wieder ab. Oma wartet auf mich, mein kleiner Liebling."
Schon sitzt er wieder im Wagen und fährt davon. Sabine betritt die Diele und legt die Pakete ab, sie hält nur noch Isabels Portrait in der Hand. Isabel greift nach ihrer freien Hand, neugierig sieht sich das Kind um. Die guten Geister der Schwiegereltern haben das Haus wohnlich gestaltet. Alles ist freundlich, warm und gemütlich, sogar frische Blumen stehen in den Vasen. Schritt für Schritt gehen Mutter und Tochter weiter. Sie öffnen die Tür zum Salon, in dem René gern am Kamin gesessen hatte und seine Pfeife rauchte. In diesem Moment riecht Sabine Tabakduft, ist das wieder eine Sinnestäuschung. Isabel reißt sich von ihrer Hand.
„Papa, Papa, ich habe dich so lieb!"
Sabine schaut ungläubig zu ihrem verschollen geglaubten Mann, der seine Tochter an sich drückt. Fassungslos sieht die Frau René gesund vor sich stehen.
„Bist du es wirklich? Träume ich oder geschah ein Wunder?", flüstert Sabine.
„Ja, dass was mir passierte, kann man schon ein Wunder nennen, Cherry."

Er erhebt sich und umamt seine Frau und danach seine Tochter. Dann deutet er auf den Sessel, „setzt euch bitte zu mir, damit ich meine Geschichte erzählen kann."

Isabel bleibt auf dem Schoß des Vaters sitzen. Sabine hockt sich neben den Sessel auf den Boden, um sehr nahe bei ihren Lieben zu sein. Er berichtet, dass ihm ein Kollege anbot mit seinem Privatflugzeug mit zufliegen, wie das Flugzeug an Höhe verlor und schließlich ins Meer stürzte.
„Was war dann?", will Isabel wissen.

„Ein Küstenfischer rettete uns. Seine Frau und Tochter pflegten uns gesund. Die Tochter verliebte sich in meinen Kollegen und wollte ihn nicht mehr weglassen. Deshalb beschwor sie die Eltern, niemandem zu erzählen, wo wir abgeblieben sind.
Ich habe mich heimlich auf die Socken gemacht und vom Dorf Vaters Büro angerufen. Vater hat mich heute Morgen abgeholt und die Telefonrechnung bezahlt, denn durch den Absturz hatte ich nichts mehr, außer meiner Kleidung, die ich auf dem Leibe trug."
„Was ist aus deinem Kollegen geworden?"
„Er ist immer noch ein Gefangener der Liebe", erklärt Rene lächelnd.
„Ich werde seine Eltern informieren, damit auch sie wissen, dass er noch am Leben ist."
Sabine stellt fest, „dann wussten deine Eltern bereits heute Morgen, dass du am Leben bist?"
„Ja auch wenn es Mama schwer fiel, hat sie den ganzen Tag über dicht gehalten, oder?"
„Auf deine Eltern ist Verlass, sie waren nur ungewöhnlich fröhlich und Mama sehr gesprächig."

Nachdem René schweigt, sieht Isabel auf das eingepackte Bild und springt lebhaft auf.

„Papa, die Mama hat für dich eine tolle Geburtstagsüberraschung, dabei greift sie nach dem Bild und reicht es ihrem Vater. René hat bei Isabels Anrede für Sabine, Tränen in den Augen, er schaut Sabine dankbar an und danach Isabel. Alle helfen die Verpackung zu entfernen, der glückliche Mann betrachtet das Portrait seiner Tochter.

„Danke Mama, Cherry", sagt er zu Sabine.

„Danke mein kleiner Liebling", dabei küsst er seine Tochter auf die Wange und zieht sie in seine Arme. Verschmitzt zeigt er auf den Kamin, „ich habe mich schon gewundert, warum dort ein Haken angebracht wurde."

Er steht auf und hängt das Bild auf, das genau an diesen Ort passt.

Lange sehen alle schweigend das Bild an. Am Abend, als der Großvater die glückliche kleine Familie abholen kommt, stellt auch er fest, dass er noch nie ein schöneres Porträt sah. Isabel ist sehr stolz auf ihr außergewöhnliches Geburtstagsgeschenk für Papa. Am Abend feiern alle den Geburtstag von René, in der festlich vorbereiteten Villa der Schwiegereltern. Hier erfährt René von Isabels neuester Eroberung, dem russischen Maler Igor.

Einige Tage später bestellt René bei Igor ein Porträt seiner Frau. Igor ist dem stattlichen Franzosen für den Auftrag sehr dankbar.

Vergangenheitsbewältigung

„Cherry, bitte lege heute Abend noch ein Gedeck auf, ich habe einen Kollegen aus München eingeladen", teilt René Sabine am Telefon mit.
„Ich freue mich auf dich, wollten wir nicht einen gemeinsamen Abend verleben. Du weißt, dass Isabel heute bei deinen Eltern übernachtet, weil sie nach dem Opernbesuch von Zar und Zimmermann, nicht mehr nach Hause kommen möchte", entgegnet Sabine enttäuscht.
„Cherry, bitte verzeih, ich dachte es ist für dich interessant meinen Kollegen aus Deutschland kennen zu lernen", tröstet er sie.
„Gut bis dann", sie legt den Hörer auf.
Sabine stellt das Bild von Igor, das sie immer noch in den Händen hält, neben den Kamin. René wird es später aufhängen. Natürlich wird er sie wieder forschend ansehen, ob er eifersüchtig auf diesen jungen Mann aus Russland ist?
So ein Blödsinn, Igor könnte mein Sohn sein, denkt Sabine lächelnd und begibt sich in die Küche, um das Essen zu richten.
Der Tisch ist festlich gedeckt. Sabine hört gegen 18.00 Uhr die Flurtür und wie sich zwei Männer angeregt unterhalten. Sie lauscht, die Stimme des Gastes kommt ihr bekannt vor.
Sabine überlegt, München, nein da kenne ich niemanden! René tritt ein, hinter ihm erscheint der Fremde.
„Liebe Sabine darf ich dir Konrad, meinen Kollegen aus München vorstellen?"
Sabine hat das Gefühl zu schwanken, auch Konrad wird blass.
„Conny!"
„Helga!"

Rufen beide bestürzt aus, dann fallen sie sich in die Arme.
René versteht diese Situation nicht.
„Ihr kennt euch und wieso nennt er dich Helga?"
Sabine hat sich wieder gefasst.
„René, bitte entschuldige, ich habe dir und Konrad sehr viel zu erzählen!"
„Das glaube ich auch!"
„Konrad ist mein Bruder, wir haben uns fast 20 Jahre nicht mehr gesehen."
„Warum spricht er dich mit Helga an?"

„Das ist eine sehr traurige Geschichte. Ich wurde aus der DDR abgeschoben, warum weiß ich bis heute nicht. Bitte Conny, was machen unsere Eltern?"
„Ich ging nach der Grenzöffnung 89 mit meiner Frau nach München. Dort kauften wir uns auf dem Land ein Haus und nahmen die Eltern zu uns. Du kannst beruhigt sein, sie sind beide gesund und immer noch rüstig."
„Vater muss 70 und Mutti 67 Jahre alt sein!"
„Richtig und meine beiden Söhne sind 17 und 19 Jahre. Beide spielen in ihrer Freizeit Musik, in unserer alten Band."
„Mein Sohn Paul müsste jetzt auch 20 Jahre alt sein", bei diesen Worten laufen Sabine dicke Tränen aus den Augen.
„Ich erinnere mich an das letzte Gespräch mit Mutti am Telefon, sie las mir zwei Gedichte vor, die ich mitschrieb und dann auf dem Tisch liegen lies. Ich habe mich damals über die Ausländer, die in der DDR besser behandelt wurden, wie die eigenen Bürger geärgert. Nach meiner Abschiebung war ich überall auch eine Ausländerin und wurde immer freundlich und hilfsbereit angenommen.
Heute denke ich anders darüber, als damals!", geht Sabine in sich.

„Du hast, das aufmüpfige Gedicht einfach liegenlassen, damit es dein staatstreuer Mann findet und damit auch die Staatssicherheit? Und da wunderst du dich wegen der Abschiebung?"
„Was hat das alles mit einem albernen, dahin geschriebenen, Gedicht zu tun?", will Sabine ungläubig wissen.
„Mädel, es wurden Leute für viel weniger in Waldheim eingesperrt. Ich kenne da eine Geschichte von einem Mann der Neustädter Bahnhofsauskunft. Der Mann von der Bahnhofsaufsicht hat öffentlich verärgert geäußert, Chruschtschow ist ein Bauer und bleibt ein Bauer! Dafür kam der 60jährige zwei Jahre nach Waldheim und musste hart im Steinbruch arbeiten", berichtet Konrad.
„Bauer, das kann ich bestätigen, wie Chruschtschow auf einer UNO - Tagung den Schuh auf das Rednerpult schlug, um Aufmerksamkeit zu erregen", meldet sich René zu Wort. Und für die Wahrheit wurde man in der DDR eingesperrt? Unglaublich!"
René reicht Sabine ein Taschentuch, ihm ist diese Situation nicht geheuer, er fasst sich ein Herz.
„Cherry, das alles ist schrecklich, warum hast du mir nie etwas davon erzählt. Vor allem, dass auch du ein Kind hattest, hättest du mir sagen können, nun begreife ich deine Liebe zu Isabel."
„Ich verstehe Helga oder wie sie sich heute nennt Sabine, sie durfte nicht mit uns in Verbindung treten, sonst wären wir in große Schwierigkeiten gekommen!"
„Warum? Eine Familie muss in der Not zusammenhalten!"
„Das ist richtig, jedoch wenn die DDR-Behörden etwas zu verbergen hatten, dann suchten sie sich Bauernopfer. Und das waren nun einmal Helga und ihr erster Mann!"

„Entschuldige Cherry, wir müssen uns erst einmal stärken, du hast wie immer sehr gut gekocht", beendet René die peinliche Situation.

Die drei Menschen setzen sich an den festlich gedeckten Tisch. Appetit will bei ihnen nicht aufkommen, dazu sind sie zu aufgeregt. Das Essen verläuft ruhig, jeder geht seinen Gedanken nach.

Sabine räumt schweigend den Tisch ab. Die Herren machen es sich in der Klubecke gemütlich. René stellt eine Flasche Champagner und Gläser auf den Tisch.

„Es ist schön, dass ich endlich meinen Schwager kennen lerne", sagt er schmunzelnd und erntet einen dankbaren Blick von Konrad.

„Wir warten auf Sabine, dann stoßen wir auf die Zukunft an." Sabine setzt sich zu den liebsten Männer, die sie ab heute in Paris hat.

„Liebes Bienchen, spanne uns nicht länger auf die Folter, auch wenn es noch so schwer ist, bitte erzähle uns alles, wie es wirklich war", baut ihr René eine Brücke.

„Vor 20 Jahren lebte ich mit meinem Mann Peter und unserem vier Monate alten Sohn Paul in der DDR. Eine Woche, bevor Paulchen viel zu früh in die Kinderkrippe gehen sollte, musste ich Babysachen für die Kinderkrippe einkaufen. Ich fuhr mit dem Kinderwagen in die Stadt, lies den Wagen unbeaufsichtigt vor dem Magnet Kaufhaus stehen und kaufte sehr schnell die benötigten Babyartikel ein. Als ich zurückkam, stand der Kinderwagen noch da, aber mein Baby war verschwunden."

„Wieso hast du den Kinderwagen nicht mit ins Kaufhaus genommen?"

„Das war in der DDR nicht möglich, weil bis dahin noch nie etwas vorkam."

Sabine weint bei diesen Worten bitterlich. René beugt sich zu seiner Frau und reicht ihr das Taschentuch.

„Das alles habe ich nicht geahnt! Damals hast du unter ungeklärte Kriminalfälle, so etwas geschildert. Ich habe nicht gewusst, dass du auf dein eigenes Schicksal aufmerksam machen wolltest. Was hast du, mein armer Liebling durchgemacht?"

Sabine beruhigt sich langsam und die Männer lassen ihr Zeit zu sammeln.„Ich wurde verhört. Die Staatspolizei unterstellte mir, nachdem sie Paul nicht fanden, dass ich die Entführung nur vorgetäuscht hätte. Selbst Peter glaubte daran und reichte auf Wunsch seiner Eltern und Genossen die sofortige Scheidung ein. Dazu kam es nicht, denn er wurde vor der Rechtskräftigkeit auf der Flucht erschossen, deshalb bin ich Witwe. Ich kam zuerst in eine Nervenklinik und später in Untersuchungshaft in ein Frauengefängnis. Eine Anklage erhielt ich nicht, sondern wurde sofort in die BRD, mit einem polnischen Pass und neuer Identität abgeschoben."

„Dann weißt du nicht, dass vier Wochen später, nach dem Verschwinden deines Babys, ein gleichaltriger Säugling im Bahnhof ausgesetzt wurde!", ruft Konrad erregt aus.

„War es Paul?," stößt Sabine verbittert hervor.

„Nein! Das Kind lag in einer Lebensmittelkiste, mit russischer Aufschrift. Es starb am Tag nach seinem Auffinden in der Regierungsklinik, weil es eine unheilbare, in der DDR unbekannte Krankheit hatte. Alles war sehr mysteriös – keiner sprach mehr über diesen ungelösten Kriminalfall. Die Spuren führten in das Nichts. Gerüchte gab es auch, dass zwei polnische Frauen zu den Verdächtigen zählten und drei Züge aus Schlamperei nach Polen nicht kontrolliert wurden!"

„Das bedeutet, dein Paul muss am Leben sein!", stellt René fest.

Dabei fällt sein Blick auf das Bild am Kamin, er schmunzelt und will ablenken.
„Sabine warst du wieder bei deinem jungen, russischen Maler?"
„Ja, Igor fährt in der nächsten Woche nach Petersburg zurück. Ich habe ihn noch um ein Bild aus seiner Heimat gebeten, das ich mir morgen abholen kann."
René dreht sich zu seinem neuen Schwager um und lächelt verschmitzt.
„Konrad meine Frau schwärmt für einen 20jährigen russischen Kunststudenten, den sie vor einigen Wochen kennen gelernt hat."

Konrad steht auf und betrachtet das Bild von Notre Dame. Dabei erinnert er sich an ihr Talent.
„Sabine, weißt du noch, als wir unsere Stadtkirche gemalt haben? Ich muss zugeben, dein Bild von dem Kirchenschiff war besser als meins. Lieber René, meine Schwester ist Kunstliebhaberin und demzufolge ganz verständlich eine Förderin der jungen Künstler."

„Lieber Konrad, ich kenne Igor, er ist sehr höflich und hochbegabt, ich bin nicht eifersüchtig. Es ist ganz einfach Selbstschutz. Wir haben leider nicht so viel Platz an unseren Wänden, um die vielen Bilder aufzuhängen, die meine Frau in den letzten drei Wochen eingekauft hat.
Alle lachen, Sabine war lange nicht so glücklich, wie heute.

Zwei Tage später eilt Sabine zum Seine Ufer. Die Sonne verfängt sich in den leicht kräuselnden Wellen, des langsam dahin fließenden Flusses.
Vor Notre Dame stehen unzählige Reisegruppen. Maler und Händler säumen die Uferböschung und warten auf kaufhungrige Touristen.

Sabine beobachtet einen jungen, geschäftstüchtigen Künstler, ihr Herz wird schwer.

Morgen reist Igor nach Petersburg zurück, er restauriert Gemälde in der dortigen Galerie. Igor hat ihr viel von seiner Arbeit in der der Eremitage erzählt.

Leise tritt sie hinter ihn. Dabei fällt ihr Schatten auf das Bild, das Igor gerade angefangen hat zu malen.
"Madam, ich habe ihr Bild fertig, es muss noch trocknen. darf ich ihnen das Bild 12.00 Uhr in das Bistro, Georg V. bringen?"
„Danke, junger Freund, ich muss noch einige Einkäufe tätigen, es ist mir recht, wenn sie das Bild erst 13.00 Uhr vorbeibringen. Ich warte im Bistro auf sie, adieu."

Sabine ist heute besonders schwermütig, sind es die vielen Erinnerungen, die Wiedersehenfreude über das Treffen mit ihrem Bruder und die Erwartung bald die Eltern in die Arme schließen zu können, sie weiß es nicht.

Pünktlich 13.00 Uhr wartet Igor auf Madam im Bistro. Sabine hat sich verspätet, sie ist fahrig. Igor übergibt ihr das Bild. Die Frau erfasst eine eigenartige Unruhe, das Bild gleitet ihr aus den Händen, dabei verliert sie ihren eleganten Hut. Der junge Mann bückt sich nach dem edlen Stück. Sabine stockt der Atem, als sie das Tun des Jünglings beobachtet.

Beim Bücken haben sich die Haare des jungen Künstlers verschoben. Sabine sieht unterhalb des linken Ohrläppchens ein Muttermal, die Lilie.